Jossif Brodskij

Einem alten Architekten in Rom

Serie Piper
Band 506

Zu diesem Buch

Jossif Brodskij gilt als der bedeutendste russische Lyriker der Gegenwart. Die vorliegende Auswahl, weitgehend von ihm selbst besorgt, ist ein Querschnitt seines lyrischen Schaffens.
Brodskijs Themen sind die aller großen Lyriker: Leiden an der Welt, Liebe und Tod, Trennung und Einsamkeit. Seine Dichtung verbindet Klassizität der Form mit absoluter Modernität der Sprache und des Empfindens; sie bedient sich historischer Figuren, antiker und biblischer Hintergründe, um individuelle Erfahrung gegenwärtiger Realität darzustellen. Seine Verse leben von der Spannung des Gegensätzlichen. Sie sind meditativ und technisch virtuos, und die Entrückung der Themen in die Mythologie oder historische Vergangenheit macht das Gesagte nur um so eindringlicher.
»Ich zögere nicht zu sagen, daß Jossif Brodskij ein Dichter ersten Ranges ist.« W. H. Auden

Jossif Brodskij, geboren 1940 in Leningrad. Ging mit fünfzehn von der Schule ab, brachte sich selbst Polnisch und Englisch bei und lebte vom Übersetzen. 1964 wurde er zu fünf Jahren Zwangsarbeit verurteilt, kam aber aufgrund zahlreicher Interventionen schon im November 1965 frei. Seit 1972 lebt und unterrichtet Brodskij in den USA.
Auf deutsch liegt ein weiterer Lyrikband Brodskijs unter dem Titel »Römische Elegien und andere Gedichte« (1985) vor.

Jossif Brodskij

Einem alten Architekten in Rom

Ausgewählte Gedichte

Aus dem Russischen
von Karl Dedecius, Rolf Fieguth
und Sylvia List

Piper
München Zürich

Die Gedichte sind folgenden Büchern Jossif Brodskijs entnommen: »Ostanovka v pustyne«, Chekhov Publishing Corporation, New York 1970; »Konec prekrasnoj ėpochi« und »Čast' reči«, Ardis, Ann Arbor 1977.

ISBN 3-492-10506-8
Neuausgabe April 1986
3. Auflage, 7.–16. Tausend Oktober 1987
(2. Auflage, 5.–14. Tausend dieser Ausgabe)

Umschlag: Federico Luci
Photo Umschlagseite: Willem Diepraam, Amsterdam
Satz: Kösel, Kempten
Druck und Bindung: Clausen & Bosse, Leck
Printed in Germany

Teil 1

Weihnachtsromanze

Für Jewgenij Rejn, in Zuneigung

In namenloser Wehmut gleitet
das kleine Feuerschiff der Nacht
inmitten endlos öden Backsteins
fort aus dem Alexanderpark,
die scheue kleine Nachtlaterne,
teerosengleich, macht den Trabanten
zu Häupten der Verliebten und
zu Füßen der Passanten.

In namenloser Wehmut gleiten
Schlafwandler, Trinker durch die Nacht.
Das nächtge Moskau sucht ein Fremder,
der traurig einen Schnappschuß macht.
Mit heiklen Gästen rauscht ein Taxi
hin zur Ordynka. Schon verklungen.
Private Villen und Verstorbne
stehn eng umschlungen.

In namenloser Wehmut gleitet
trüb durch die Stadt hin der Poet,
ein trübe-mondgesichtger Pförtner
vorm Laden für Petroleum steht,
ein alter Lüstling drückt sich hastig
durch miese Gäßchen. Mittnacht läutet.
Ein Geisterzug von Neuvermählten
in namenloser Wehmut gleitet.

Durch Moskaus Vorstadtdunkel gleitet
ein zufälliger Irgendwer,
ein jüdischer Akzent schwebt irrend
die müde gelbe Treppe her,

und von der Liebesglut zur Trübsal –
eh noch das neue Jahr begann –
treibt eine stadtbekannte Schöne,
die ihren Gram nicht deuten kann.

Ein kalter später Abend gleitet
vorbei, und Schnee fällt zitternd nieder.
Ein Eiseswind, ein bleicher Wind
umkrallt die rotgefrornen Glieder.
Der Honig abendlicher Lichter
ergießt sich. Chalwa duftet. Droben
trägt Heiligabend auf dem Kopf
die Nachtpirogen.

Dein Neujahrstag als Wogenreiter
durchs dunkelblaue Meer der Nacht
in namenloser Wehmut gleitet –
als sei's ein neuer Lebensanfang,
als gäb es Ruhm und Licht, Erfolg
und reichlich Brot; grad so, als ging's
im Leben jetzt nach rechts statt wie
zuvor nach links.

1962

Große Elegie für John Donne

John Donne schlief ein. Alles ringsum schlief ein.
Wand, Boden, Bettzeug, Bilder schliefen ein,
Tisch, Teppich, Riegel, Haken schliefen ein,
die ganze Garderobe, Anrichte, Gardinen, Kerzen.
Alles schlief ein. Glas, Flasche, Schüsseln,
Brot, Brotmesser, Keramik, Porzellan, Geschirr,
Uhr, Schränke, Wäsche, Fensterscheiben, Lampe,
die Treppenstufen, Türe. Überall ist Nacht.
Nacht überall: in Winkeln, Augen, Wäsche,
im Tisch, in den Papieren, in der fixen Rede,
in ihrem Wort, im Brennholz, in der Zange, Kohle,
in dem erloschenen Kamin, in jeder Sache.
In Hausschuhn, in der Weste, in den Strümpfen, Schatten,
hinter dem Spiegel, in der Stuhllehne, im Bett,
und abermals im Becken, in dem Kruzifix, im Laken,
im Besen vor der Tür, im Schuh. Alles schlief ein.
Alles schlief ein. Das Fenster. Und der Schnee im Fenster.
Des Nachbardaches weiße Schräge. Wie ein Tischtuch.
Sein First. Das ganze Viertel, tief im Schlaf
vom Fensterrahmen tödlich kleingeschnitten.
Die Bögen, Wände, Fenster, alles schläft.
Das Holz- und Kopfsteinpflaster, Gitter, Blumenbeete.
Kein Licht geht auf, kein Rädchen knarrt...
Die Zäune, die Verzierungen, die Straßenzeilen, Pfosten.
Tür, Ringe, Griffe, Haken schliefen ein,
die Schlösser, Riegel, ihre Schlüssel, Stöpsel.
Kein Flüstern, Rascheln, Klopfen ist zu hören.
Der Schnee nur knistert. Alles schläft. Nichts wacht.
Die Kerker, Burgen schliefen ein. Die Waage schläft
im Fischgeschäft. Die Schweineseiten schlafen.
Die Häuser, Hinterhöfe. Kettenhunde schlafen.
In Kellern schlafen Katzen, mit gespitzten Ohren.
Die Mäuse, Menschen schlafen. London schläft ganz tief.

Im Hafen schläft das Boot. Das Wasser mit dem Schnee
plantscht unter seinem Bauch im Schlaf, und in der Ferne
fließt es zusammen mit dem eingeschlafnen Himmel.
John Donne schlief ein. Zugleich mit ihm das Meer.
Das Kreideufer schläft bei den Gezeiten.
Die ganze Insel schläft, von einem Schlaf umarmt.
Und jeder Garten wurde dreimal zugeriegelt.
Die Ahorne, die Buchen, Fichten, Tannen schlafen.
Die Bergeshänge, auf den Hängen Bäche, Pfade schlafen.
Die Füchse und der Wolf. Der Bär kroch in sein Bett.
Der Schnee verweht den Eingang zu den Höhlen.
Auch Vögel schlafen. Ihr Gesang verscholl.
Die Krähen schreien nicht. Des Nachts der Eule
Gelächter hört man nicht. Die Weite Englands schweigt.
Ein Stern blinkt auf. Die Maus geht jetzt zur Beichte.
Und alles schläft. In ihren Gräbern liegen
die Leichen alle. Ruhen sanft. In Betten
da schlafen Lebende in Meeren ihrer Hemden.
Sie schlafen einzeln. Fest. Auch Arm in Arm.
Alles schlief ein. Wald, Berge, Flüsse schlafen.
Wild, Vögel schlafen, tote Welt, das Leben.
Nur weißer Schnee fällt aus dem Nachtgewölbe.
Selbst dort wird jetzt geschlafen, über allen Köpfen.
Die Engel schliefen ein. Die Heiligen vergaßen
die angsterfüllte Welt – zu ihrer heilgen Schande.
Gehenna schläft und auch das schöne Paradies.
Kein Mensch verläßt zu dieser Stund sein Haus.
Gott Vater schläft. Die Erde ist jetzt fremd.
Das Auge sieht, das Ohr erlauscht nichts mehr.
Der Teufel schläft, mit ihm zusammen schläft
die Feindschaft in dem Schnee auf Englands Feldern.
Die Reiter schlafen. Gabriel mit Posaune,
die Pferde schaukeln hin und her im Schlaf.
Und alle Cherubim – in einer Schar, umarmt,
unter der Kuppel in der Pauluskirche schlafen.
John Donne schlief ein. Es schlafen die Gedichte,

und alle Bilder, Rhythmen, starke, schwache,
sind unauffindbar. Laster, Sehnsucht, Sünden,
sie ruhen lautlos gleich in ihren Silben.
Ein Vers ist zu dem andern wie ein Bruder,
obwohl sie zueinander flüstern: rück ein wenig.
Doch jeder ist so weit vom Himmelstor entfernt,
so arm, so dicht, so rein, daß – Einigkeit sie füllt.
Die Zeilen schlafen tief. Des Jambus strenge Wölbung.
Trochäen schlafen, wie die Wächter, links und rechts.
Und darin schläft das Traumbild von der Lethe.
Und hinter ihm ein anderes – der Ruhm.
Die Sorgen schlafen alle. Die Beschwerden schlafen.
Die Laster schlafen. Gut und Böse sind umschlungen.
Propheten schlafen auch. Der weiße Schneefall sucht
im Raum die Winzigkeit von schwarzen Erdenflecken.
Alles schlief ein. Die Bücherstapel schlafen.
Die Wörter-Flüsse, zugedeckt vom Eise des Vergessens.
Es schlafen alle Reden, ihre ganze Wahrheit.
Es schlafen ihre Ketten, leise klirrn die Glieder.
Es schlafen alle tief: Gott, Heilige, der Teufel.
Und ihre bösen Diener. Ihre Freunde. Kinder.
Und nur der Schnee knarrt durch die Dunkelheit der Wege.
Mehr Laute gibt es nicht, nicht in der ganzen Welt.

Doch horch! Du hörst: dort, in dem kalten Finstern,
dort weint ja jemand, jemand flüstert ängstlich.
Jemand ist dort dem Winter ausgeliefert.
Und weint. Dort ist im Dunkel jemand.
Die Stimme ist so dünn. So dünn, wie eine Nadel.
Und ohne Faden ... Und sie schwimmt im Schnee
verlassen. Überall ist Kälte, Nebel ...
Sie nähen Nacht und Dämmerung zusammen ... Oben.
»Wer schluchzt denn dort. Bist du's, mein Engel,
der auf die Rückkehr meiner Liebe wartet, unterm Schnee,
so wie der Lethefluß. Du gehst im Finstern heim.
Bist du's, der schreit im Dunkel.« – Keine Antwort.

»Seid ihr es, Cherubim. Der Klang so vieler Tränen
erinnert mich an Trauerchöre.
Habt ihr es nicht gewollt, mein schlafendes Konzil
so plötzlich zu verlassen. Wart ihr es. Ihr es.« – Schweigen.
»Bist du es, Paulus. Freilich, deine Stimme
ist allzu rauh geworden von der strengen Rede.
Hast du im Finstern nicht dein graues Haupt gesenkt
und weinst dort.« – Nur die Stille echot.
»Hat diese Hand, die überall hier leuchtet,
nicht hier im Finstern jeden Blick verdeckt.
Bist du es, Herr. Mag mein Gedanke wild sein.
Doch weint hier eine allzu hohe Stimme.«
Die Stille schweigt. – »Hast, Gabriel, etwa du
ins Horn geblasen, und wer bellt so laut.
Hab ich allein die Augen nur geöffnet,
während die Reiter ihre Pferde satteln.
Alles schläft fest. Im festen Arm des Finstern.
Doch Botenscharen jagen schon vom Himmel.
Bist du es, Gabriel, der einsam hier so schluchzt,
im Finstern, mit Posaune, mitten dieses Winters.«

Nein, das bin ich, John Donne, ich, deine Seele.
Ich trauere verlassen hier in Himmelshöhen,
daß ich mit meiner Arbeit alle die Gefühle
und die Gedanken, schwer wie Ketten, schuf.
Mit dieser Last beherrschtest du den Flug
durch Leidenschaften, Sünden, und noch höher.
Du warst ein Vogel, und du sahst dein Volk,
ganz, überall, über den Dächern segelnd.
Du sahst das weite Land und alle Meere.
Du sahst das Höllenreich – in dir, und dann das wahre.
Das lichte Paradies sahst du genauso klar
in jener traurigsten – von allen Leidenschaften – Fassung.
Du sahst: das Sein, es ist wie deine Insel.
Dir ist auch dieser Ozean begegnet:
von allen Seiten Dunkel, Dunkel und Geheul nur.

Du hast selbst Gott umflogen, und du jagtest weiter.
Doch diese Last wird dich nicht aufwärts lassen,
seit diese Welt – nur hundert Türme
und ein paar Flüsse, wo dem Blick nach unten
das schreckliche Gesicht fast gar nicht schrecklich dünkt.
Auch ist in jenem Lande dort das Klima reglos.
Alles von dort – ist wie ein siecher Traum der Lähmung.
Der Herr von dort – ist nur das Licht im Fenster
bei Nebelnacht im allerletzten Haus.
Auch Felder kommen vor. Von keinem Pflug gepflügt.
Nicht von den Jahren, nicht Jahrhunderten.
Nur Wälder stehn wie eine Wand ringsum,
und nur der Regen tanzt im hohen Gras.
Der Holzfäller, der erste, dessen dürres Pferd
sich mal durchs Angstgestrüpp hierher verirren sollte,
wird, hochgeklettert, von der Kiefer plötzlich Feuer sehen
in seinem Tal, dort, in der Ferne.
Alles ist in der Ferne. Hier das trübe Land,
der Blick, gelassen, gleitet über ferne Dächer.
Hier ist es hell, man hört kein Hundeheulen,
man hört das Glockenläuten überhaupt nicht.
Er wird gewahr, daß alles fern ist. In die Wälder
zurück wird er sein Pferd mit heftiger Bewegung lenken.
Dann werden Zügel, Schlitten, Nacht, das arme Pferd
und auch er selbst – zum Traumbild aus der Bibel.
Ich weine also, weine: nirgendwo ein Weg.
Zurückzukehren zu den Steinen ist mir vorbestimmt.
Ich darf dort mit dem Körper nicht erscheinen.
Nur leblos ist mir vorbestimmt hinaufzufliegen.
Ja, ja. Allein. Nachdem ich dich vergaß, du meine Welt,
in feuchter Erd. Für immer dich vergaß, um in der Spur
der Qual von unfruchtbaren Sehnsüchten zu schwimmen,
um die Entzweiung mittels meiner Leiblichkeit zu nähen.
Doch höre! Während ich dein Nachtquartier mit Weinen
bestürze hier – fällt in das Dunkel, ungeschmelzt,
der Schnee und näht hier unsere Entzweiung,

und hin und her fliegt, hin und her, die Nadel.
Ich bin es nicht, der schluchzt. John Donne, du weinst.
Du liegst allein. Geschirr schläft in den Schränken,
solange Schnee fällt auf das Haus im Schlaf,
solange Schnee von dort ins Dunkel fällt.

Er schläft in seinem Nest, ein Ebenbild der Vögel,
hat seinen reinen Weg, den Wunsch nach beßrem Leben
ein und für alle Mal dem Sternlicht anvertraut,
das jetzt im Augenblick versteckt ist hinter Wolken.
Ein Ebenbild der Vögel. Rein ist seine Seele,
obwohl der Erdenweg, so sagt man, sündig ist,
noch wesentlicher als ein Krähennest
über der grauen Vielzahl leerer Starenkästen.
Der Vögel Ebenbild, auch er wird tags erwachen.
Jetzt – liegt er unter einer weißen Decke,
solange Schnee und Traum den Raum zwischen der Seele
und seines Körpers Schlaf mit einer Naht verbinden.
Alles schlief ein. Doch warten noch aufs Ende
zwei–drei Gedichte, und ihr Mund grinst zahnlos,
weltliche Liebe sei – nur Pflicht des Sängers,
die geistige dagegen nur des Abtes Hülle.
Auf wessen Mühlenrad man diese Wasser gösse,
sie mahlten immer nur dasselbe Brot auf Erden.
Wenn jemand auch mit uns das Leben teilte,
wer würde unsren Tod denn mit uns teilen.
Der Webstoff hat ein Loch. Ein jeder zerrt, wer will.
An allen Enden. Läßt es. Kommt dann wieder.
Ja, noch ein Ruck! Und nur das Firmament
greift in dem Dunkel manchmal nach des Schneiders Nadel.
Schlaf, schlaf, John Donne. Schlaf tief, und quäl dich nicht.
Die Jacke hat ein Loch, jawohl. Sie hängt verzagt.
Sieh hin, und du erblickst in Wolken jenen Stern,
der durch so viele Jahre deine Welt beschützt hat.

1963

»Der schwarze Horizont war heller als
das Schwarz von seinen Fesseln, seinem Hals.«

Wir sahen damals abends dieses Roß,
als unser Lagerfeuer Funken schoß.

Nichts war so sonderbar wie gerade er –
selbst seine Zähne waren schwarz wie Teer,
er war ganz dunkel, wie die Nacht, das Nichts,
vom Schweif zur Mähne jenseits jeden Lichts,
obwohl ganz anders dunkel als genug
sein Rücken schwärzte, der nie Sättel trug.
Er stand bewegungslos. Als wenn er schlief.
Das Schwarz der Hufe ängstigte uns tief.

Er war ganz schwarz, nahm keinen Schatten wahr.
Bis auf das äußerste verdunkelt – fast ein Mahr.
So schwarz wie Nebel in der Finsternis,
so schwarz wie eine Nadel innen ist,
so schwarz wie ferne Bäume, dunkelgrell,
wie in der Brust das schwarze Rippenfell,
so wie die Saat in ihrem Ackerloch.
Ich denk, wir seien innen schwarz, jedoch

er dunkelte noch dunkler in die Flur!
Es war erst Mitternacht auf meiner Uhr.
Von seinen Lenden strömte weit und breit
die bodenlose schwarze Dunkelheit.
Sein Rücken war bereits von Schwärze weg,
es gab bei ihm nicht einen lichten Fleck.
Das Weiß im Auge glühte schwarz heraus,
noch schrecklicher sah seine Iris aus.

Als wär er irgendwessen Negativ.
Warum nur stand er so als wenn er schlief
ohne Bewegung bis zum Morgengraun
am Lager, damit wir ihn schaun,
warum nur atmete er schwarzen Staub
und raschelte mit dem zertretnen Laub?
Warum vergoß sein Auge schwarzen Dunst?

– Er suchte seinen Reiter unter uns!

1961

Winterhochzeit

Aus den »Altenglischen Liedern«

Im Januar ward ich getraut.
Die Gäste lärmten lustig, laut.
Die Glocke dröhnt, die Menge zieht
den Kirchenweg hinauf.

Vom Altar her, mit einem Blick,
sieht man ein weites Wegestück.
Ich sende meinen Blick hinaus,
der Bot' kehrt nicht zurück.

Die Kirchenglocke dröhnt so sehr.
Mein Bräutigam schaut zu mir her.
So viele Kerzen für uns zwei!
Ich zähle sie dabei.

1961

Teil 2

Für M. B.

Ich nahm die Schultern in den Arm und sah
dahinter, denn dort hob sich eine Stimme,
und merkte, daß der Ausziehtisch beinah
mit der erhellten Wand zusammenschwimme.
Das Licht des Lämpchens flackerte und troff,
entlarvte der verwohnten Möbel Narben,
und deshalb leuchtete der Teppichstoff
auch in der Ecke gelb statt kupferfarben.
Der Tisch war leer, fahl glänzte das Parkett,
der Ofen dunkelte, der Landschaft fehlte
das Leben auf dem Bild – mir war, als hätt
nur das Büfett etwas, was es beseelte.
Da kam ein Falter auf mich zugeschwebt
und löste meinen starren Blick im Zimmer.
Und hätt hier je ein Hirngespinst gelebt,
jetzt floh es aus dem Haus, es floh für immer.

1962

Neue Stanzen an Augusta

Für M. B.

1
Seit Dienstag ist September.
Es goß die ganze Nacht.
Die Vögel alle flogen fort.
Nur ich war so allein, so stolz,
ich sah nicht einmal ihnen nach.
Der leere Himmel ist zerbrochen.
Der Regenvorhang deckt das Licht.
Für mich kein Süden.

2
Hier, bei lebendgem Leib begraben,
durchstreife ich die Dämmerstoppeln.
Mein Stiefel wühlt den Acker auf
(hoch oben tost der Donnerstag),
die Halme aber stehn gleich wieder aufrecht,
sie spüren beinah keine Schmerzen.
Die Ruten einer Purpurweide,
als rosafarbne Landzunge ins Moor
gereckt, wo keine Wachen sind,
umsäuseln sanft, bis es dann umkippt,
ein Würgernest.

3
Ja, klatsch und gluckse, gurgle, wirf Blasen.
Mein Schritt wird nicht schneller darum.
Den Funken, Gott, den du allein kennst,
lösch aus, erstick ihn.
Die blaugefrorne Hand am Schenkel reibend,
so wandre ich bergan, bergab,
gedächtnislos, nur innen dieser Ton,

und schlag die Sohlen gegen das Gestein.
Ich beug mich über einen dunklen Bach
und bin erschrocken.

4
Was macht es schon, daß mir ein Hauch von Schwachsinn
das Auge überzieht und daß mein Bart
ganz feucht ist und die Mütze, schief natürlich –
dies Zwielicht krönend –, widerspiegelt wird
als jene Linie, die die Seele
nicht überschreiten darf –
versuch ich doch schon nicht mehr,
hinter den Mützenschirm, den Knopf, das Halsloch,
den Stiefel und den Ärmel je zu kommen.
Das Herz nur klopft auf einmal, weil ich sehe,
daß da ein Riß ist. Und die Kälte
zermalmt es fast, als sie mir auf die Brust fällt.

5
Das Wasser murmelt vor mir her,
und Frost setzt sich im Schlitz der Lippen fest.
Sonst ließe sich kaum sagen: ist dies
nun ein Gesicht oder der Ort, wo eben
ein Erdrutsch stattfand?
Mein schrilles Lachen
verstört den Knüppeldamm im Dämmer.
Ein Wolkenbruch zermahlt die Dunkelheit.
Mein zweites Bild, als sei's lebendig, läuft
von diesen rotgeschwollnen Lidern fort,
es reitet Wellen, unter Fichten
zuerst, dann unter Trauerweiden,
vermischt sich mit den andren Doppelgängern,
wie ich mich nie verlieren könnte.

6
Ja, klatsch und gluckse. Nag die modernde Brücke an.
Der Moorgrund um den Dorffriedhof
wird alle Farbe aus den Kreuzen saugen.
Und auch die zarten Gräser leihen
dem Sumpf nicht eine Ahnung blauen Schimmers.
Zertrample die Getreidedarre
und braus durch das noch dichte Laub.
Dring an den Wurzeln in die Tiefe
und dort, im Boden, so wie hier in meiner Brust,
weck alle Geister, alle Toten auf.
Und laß sie hakenschlagend laufen
über die Stoppeln in die menschenleeren Dörfer
und laß wie Schlapphüte von Vogelscheuchen sie
dem plötzlich angebrochnen Herbst zuwinken.

7
Hier auf den Hügeln, unter leerem Himmel,
wo alle Straßen in den Wäldern enden,
da geht das Leben zu sich selbst auf Abstand
und blickt verwundert auf die Formen,
die ringsum rauschen. Wurzeln
umklammern ächzend meine Stiefel,
und alle Lichter in dem Dorf gehn aus.
So zieh ich über niemands Land
und laß vom Nichtsein eine Pacht mir geben.
Der Wind fegt mir die Wärme aus den Händen,
ein Astloch gibt mir einen Wasserguß,
das schmale Wegband wird vom Schlamm gezwirbelt.

8
Es ist, als wär ich gar nicht wirklich hier.
Irgendwo abseits steh ich, außerhalb.
Die Stoppeln sträuben sich und richten starr
sich auf, wie Barthaar einer Leiche,
und auf dem Würgernest, das nun im Gras liegt,

herrscht wildes Ameisengewimmel.
Natur rechnet mit dem Vergangnen ab
wie eh und je. Doch ihr Gesicht,
und sei's vom Glanz des Abendrots beschienen,
wird dabei unwillkürlich boshaft.
Ich nehme die fünf Sinne fest zusammen
und reiß von diesem Wald mich fünffach los:
Nein, Herr! Der Blick ist mir verhangen,
ich laß mich nicht zum Richter machen.
Und wenn zu meinem Unglück ich
mit mir zurecht nicht kommen sollte –
o Gott! dann hack mir alle Sinne ab
wie einem Dieb in Finnland seine Finger.

9
Freund Pollux. Alles hier verschwimmt zu einem Fleck.
Aus meinem Mund soll man kein Stöhnen hören.
Da steh ich nun im offnen Mantel
und laß die Welt mir durch ein Sieb
des Nichtbegreifens in die Augen fließen.
Ich bin fast taub. Ich bin, Gott, beinah blind.
Ich hör kein Wort, und ruhig leuchtet
mit zwanzig Watt der Mond. Na gut. Am Himmel
nehm Kurs ich nicht zwischen den Sternen
und Regentropfen. Hier im Wald
wird widerhallen Husten nur, kein Lied.

10
September. Nacht. Nur eine Kerze zur Gesellschaft.
Über die Schulter aber blickt ein Schatten mir
in die Papiere, wühlt in ausgerißnen Wurzeln.
Und du erscheinst in Spukgestalt:
es raschelt in der Diele, gluckst wie Wasser
und schickt ein sternengleiches Lächeln
zu der jäh aufgestoßnen Tür herein.

11

Das Licht wird immer schwächer über mir.
Von Wasser ganz bedeckt ist meine Spur.

Mein Herz strebt immer heftiger zu dir
und ist darum nur desto ferner.
Von Mal zu Mal klingt meine Stimme falscher.
Doch halte du dem Schicksal das zugute,
dem Schicksal, das kein Blut verlangt,
verwundet nur mit einer stumpfen Nadel.
Und hoffst du auf ein Lächeln – warte!
Ich werde lächeln. Und dies Lächeln dann schwebt über mir
gleich einem für die Ewigkeit gemachten Grabdach
und leichter als der Rauch über dem Ofen.

12

Euterpe, du? Wohin bin ich geraten?
Und was ist das hier unter mir: Gras, Wasser,
der Schößling einer Heideleier,
zum Hufeisen gebogen,
das Glück vielleicht verheißt.
Doch wie man vom Galopp in Schritt
rasch wechselt, ohne daß der Atem
gleich stillsteht, weißt du nicht,
noch weiß es eine deiner Schwestern.

1964

An Lykomedes auf Skyros

Ich lasse diese Stadt wie Theseus einst
sein Labyrinth – den Minotaurus der
Verwesung, Ariadne der Umarmung
des Bacchus überlassend.
Schöner Sieg!
Selbstlosigkeit in ihrer höchsten Form.
Der Gott läßt gerade dann einander uns
begegnen, wenn wir nach im Stadtzentrum
vollbrachter Tat, mit Beute schwer beladen,
schon über wüste Felder ziehn und nie,
nie wieder diesen Ort betreten wollen.

Schließlich und endlich, Mord bleibt Mord. Die Pflicht
der Sterblichen ist's, Monstren mutig zu
bekämpfen. Wer behauptete, daß Monstren
unsterblich wären? Und damit wir uns
nicht einbilden, was anderes zu sein
als die Besiegten, nimmt der Gott uns heimlich,
weit weg vom Volkesjubel, allen Lohn.
Und heißt uns schweigen. Und so gehn wir fort.

Doch diesmal wirklich endgültig, für immer.
Zwar kann der Mensch zurückkehrn an den Ort
der bösen Tat, doch dorthin, wo man ihn
erniedrigte, kann er nicht wieder gehn.
In diesem Punkte sind der Plan der Gottheit
und das Gefühl unsrer Erniedrigung
so absolut identisch, daß den Rücken
wir kehren und verlassen: diese Nacht,
das Untier in Verwesung, Volkesjubel,
das Heim, den Herd. Und Bacchus in der Ödnis
liebkost im Dunkel zärtlich Ariadne.

Doch eines Tages kehrn wir alle wieder.
Zurück. Nach Haus. Zum heimatlichen Herd.
Und meine Straße führt durch diese Stadt.
Geb Gott, daß dann zur Seite ich nicht habe
das zweischneidige Schwert, da ja die Stadt
für den, der in ihr wohnt, gewöhnlich anfängt
mit Hauptplätzen und Türmen.
Für den Wandrer
jedoch, der sich ihr nähert,
mit den Rändern.

1967

Sieben Jahre später

So lange lebten wir zusammen, daß
der Tag nach Neujahr wieder Dienstag war
und daß die staunend hochgezogne Braue –
so wie der Hauswart von der Eingangstür –
   von dem Gesicht verjagt die trübe Zeit
   und wolkenlos sich nun die Ferne zeigt.

So lange lebten wir zusammen, daß
der Schnee uns schien, als ob er ewig fiele,
und damit er ihr nicht das Lid verschloß,
hielt schützend meine Hand ich drüber,
   die Lider aber flatterten nur bang
   wie Schmetterlinge in der hohlen Hand.

So fremd war beiden alles Neue, daß
an unseren Umarmungen im Schlaf
   die Psychoanalyse würd zuschanden;
daß ihre Lippen, die sich an mich schmiegten,
und meine, die das Kerzenlicht ausbliesen,
   da sie nichts andres sahn, einander fanden.

So lange lebten wir zusammen, daß
die Rosen auf dem schäbigen Behang
vertauscht sind gegen einen Birkenwald
und beide kamen schließlich auch zu Geld –
   es dräute wochenlang das Flammenheer
   der türkschen Morgenröte übers Meer.

So lange lebten wir zusammen ohne
Gerät, Buch, Möbelstück, wir hatten bloß
das alte Sofa, daß – sehr lang bevor
es dann entstand – das Dreieck war ein Lot,
   errichtet mit der Hilfe der Bekannten
   auf jenen zwei in eins verschmolznen Punkten.

So lange lebten wir zusammen, daß
aus unsren Schatten wir uns eine Tür
errichteten – zur Arbeit wie zum Schlafen –,
zwar brachten wir die Flügel gar nicht auf,
doch gingen wir hindurch, so daß wir aus
dem Hintereingang in die Zukunft traten.

Anno Domini

In der Provinz wird Weihnachten gefeiert.
Das Schloß des Statthalters zeigt Mistelschmuck,
am Fuß der Außentreppe brennen Fackeln.
Gewimmel, Übermut in allen Gassen.
Vergnügt und festtagsfaul, verdreckt, verrückt,
drängt sich das Volk hinter dem Schloß zusammen.

Der Statthalter ist krank. Er liegt zu Bett –
als Decke dient ein Schal ihm aus Alcázar,
wo früher er gedient – und grübelt über
sein Ehgespons und seinen Sekretär,
die unten in dem Saal der Gäste Scharen
begrüßen. Eifersüchtig? Kaum. Hat er

doch nichts im Sinn als sich verkriechen hinter
den Schild der Leiden, Träume, Aufschub der
Versetzung in die Metropole. Weiß er
doch, daß das Volk zur Feierei mitnichten
der Freiheit unbedingt bedarf; daher
gestattet er auch seinem teuren Weibe,

ihm Hörner aufzusetzen. Denn woran
sollt er auch denken, wenn nicht an ihm nagten
die Schwermut und die Anfälle des Fiebers?
Wenn er gar liebte? Unwillkürlich fröstelnd,
jagt fort er die erschreckenden Gedanken.
... Der Lärm im Saal verliert an Hitze wieder,

doch dauert weiter an. Die Stammesführer,
total betrunken, stieren Augs, fixieren
die ferne Weite, wo kein Feind sich regt.
Die Zähne, die erst wilde Wut ausdrückten,
sind nun in blödem Lächeln steckenblieben
wie abgebremste Räder; der Bediente

legt nochmals von den Speisen vor. Im Schlaf:
Geschrei des Kaufmanns. Abgerißne Töne.
Der Sekretär und des Statthalters Frau
entschlüpfen in den Garten. An der Wand
der Reichsadler, der des Statthalters Leber
herausgerissen hat, gleicht einer Fledermaus ...

Und ich, ein Dichter, der das Licht erblickte,
als reitend überquert' es den Äquator,
schau aus dem Fenster auf die stillen Berge
und sinne nach, wie ähnlich unser Unglück:
ihn will nicht sehn der große Imperator,
mich nicht – mein Sohn und Cynthia. Wir werden

von hier verschwinden. Unser bittres Los
wird Hochmut selbst nicht zum Beweis erhöhn,
wir sei'n vom Bild des Schöpfers abgewichen.
Im Grabe einst sehn alle gleich wir aus.
So laßt im Leben uns verschieden sein!
Wozu denn blindlings aus dem Schloß fortstürzen –

dem Vaterland sind wir nicht Richter. Nein –
in unsrer Schmach versinkt Justitias Schwert:
die Erben und die Macht in fremden Händen ...
Wie gut, daß keine Schiffe gehn!
Wie gut, daß winters zugefrorn das Meer!
Wie gut, daß in den Wolken hoch die Vögel

zu zart für solche schweren Körper sind!
Wer wollte ihnen das zum Vorwurf machen?
Vielleicht jedoch stehn grade ihre Stimmen
im rechten Maß zu unserem Gewicht.
So laßt sie darum in die Heimat fliegen.
So laßt sie darum nachschrein uns von hinten.

O Vaterland ... Und fremde Herren, wohl zu
Besuch bei Cynthia, sich neigen über
die Wiege, wie die morgenländschen Weisen.
Der Säugling schläft. Schwach glüht ein Stern – wie Kohle,
die unterm ausgekühlten Tauftrog glimmt.
Die Gäste, ohn das Köpfchen ihm zu streicheln,

den Nimbus tauschen mit dem Lügenkranz,
die unbefleckt' Empfängnis mit Gerede,
was so viel ist wie: Schweigen von dem Vater ...
Das Schloß verödet. Die Etagen dunkeln.
Die eine. Andre. Schließlich auch die letzte.
Im ganzen Schloß sind jetzt nur noch zwei Fenster

erhellt: meins, wo, der Fackel abgewandt,
den Mond ich über Wipfel gleiten seh
und ich erblicke – Cynthia, den Schnee;
und das des Statthalters, der nebenan
die ganze Nacht stumm mit der Krankheit ringt
und Feuer macht, den Feind zu unterscheiden.

Es weicht der Feind. Blaßrotes Morgenlicht,
kaum daß im Osten es beginnt zu leuchten,
kriecht in die Fenster, neugierig auf das,
was drinnen vor sich geht. Als es, was vom
Gelage übrigblieb, befingert, fängt es
zu schwanken an. Setzt seinen Weg dann fort.

Palangen, Januar 1968

Strophen

1

Beim Lebwohl keine Worte.
Nebenan plärrt Musik.
Trennung hier ist nur Zeichen
jener künftigen dort.
Wie wir schließen die Augen
bis ans End unsrer Zeit
nicht zusammen, so liegen
wir im Tod nicht vereint.

2

Wer auch immer die Schuld trägt –
dort beim Jüngsten Gericht
wartet seiner ein andrer
als des Schuldlosen Lohn.
Unsre Trennung gilt ewig,
denn wir wissen, wir sehn
uns nie wieder im Himmel,
in der Hölle nie mehr.

3

Wie die Pflugschar die Furchen
in die Erdkrume zieht,
grad so gnadenlos trennt uns,
daß wir beide im Recht.
Keine Absicht – Versehen
wirft zu Boden das Glas.
Wem tut's leid um den Weinrest,
wenn es dabei zerbrach?

4

Und je enger der Bund war,
desto schlimmer der Bruch.

Gegen Ausblendung schützen
weder Blitzlicht noch Zoom.
Von Zusammenhalt reden
wäre sinnlos bei uns.
Doch ein Splitter kann leben
wie das ganze Gefäß.

5
Also trink und berausch dich,
trockne aus bis zum Grund.
Nur das Maß teilen jetzt wir,
nicht die Stärke des Weins.
Doch ich bin nicht am Ende,
auch nicht, wenn fernerhin
wir gemeinsam nichts haben
als die Kanten des Bruchs.

6
Nicht, daß fremd wir uns würden.
Doch die Grenze der Scham
liegt in unserer Haltung
zu dem Wort: Nie, niemals.
Wir betrauern, begraben,
kehrn zum Alltag zurück.
Und vom Tod bleibt so jedem
noch ein halb großes Stück.

7
Unser Nie-Wiedersehen
macht aus unserem Land
eine bloß sehr gedehnte
Variante des Alls.
Wie es neidet den Lorbeer,
weicht es auch einer Macht
nie von jenseits der Lethe;
steht da ärmlich und nackt.

8
Wozu nutzlos sich mühen,
zu vernichten die Spur?
Diese Zeilen sind Nachhall
unsres Unglücks doch nur.
Und der wuchernde Klatsch ist
der Beweis: offenbar
nimmt ein jeder die Trennung –
das Sichfinden nicht – wahr.

9
Daß die wilde Jagd niemals
durch Verrat je erfährt
meine Wohnung vom Satan,
von den Engeln dein Haus –
beim Lebwohl keine Worte;
nur der Musen Gesang.
Von den postumen Qualen
sind wir wund lebenslang.

März 1968

Dido und Äneas

Der große Mann sah aus dem Fenster fort,
dagegen ihr die Welt sich mit dem Saume
von seiner weiten Tunika begrenzt',
bei der das Faltenübermaß gemahnt an
ein festgehaltnes Meer.
                                        Er aber sah
nur aus dem Fenster, und sein Blick war heute
so fern von dieser Stelle, daß der Mund
starr wurde, einer Muschel gleichend, welche
ein Rauschen birgt; und lag der Horizont
bewegungslos in dem Pokal.
                                                Die Liebe
war nur ein Fisch – obzwar imstand vielleicht
geschmeidig-schlanken Leibs die Wellen schneidend
sein Schiff zu jagen, einzuholen gar.
Doch er – im Geist betrat er schon das Festland.
Das Meer verkehrt sich in ein Tränenmeer.
Bekanntlich aber hebt gerade in der
Verzweiflungsstunde an ein günstger Wind
zu wehn. Der große Mann kehrte Karthago
den Rücken, indes
                                sie vor dem Holzstoß stand,
den an dem Stadtwall Krieger angezündet,
und sah im Flimmern zwischen Rauch und Flamme
Karthago lautlos auseinanderbrechen

sehr lange vor des Cato Prophezeiung.

1969

Postskriptum

Wie schade, daß mein Dasein dir nie das
bedeutet hat, was deines mir … Wie oft
hab ich an diesem unbebauten Platz
den Kupfergroschen, der das Wappen trägt,
ins Drahtgewirr des Kosmos eingeworfen
in dem verzweifelten Bemühen, den
Moment unsres Verbundenseins zu preisen
… Aber ach, wenn einer nicht versteht,
sich selbst anstelle der gesamten Welt
zu setzen, bleibt ihm nur – wie einen Tisch
bei spiritistischen Séancen – das
zerlochte Rund des Telefons zu drehn,
bis endlich ein Phantom ein Echo gibt
auf das Gejaul des Summers in der Nacht.

September 1967

Teil 3

Im Dorf wohnt Gott nicht in den Winkeln nur,
wie Spötter meinen, sondern überall.
Er heiligt Dächer, Teller, Schüsseln, Pfannen,
teilt ehrlich jede Doppeltür in Hälften.
Im Dorf ist Gott im Überfluß vorhanden.
Im Eisentopf kocht er am Samstag Linsen,
er tänzelt leicht verschlafen überm Feuer
und winkt mir als dem Augenzeugen zu.
Er setzt die Zäune, gibt ein junges Mädchen
dem Försterssohn zur Frau, und spaßeshalber
läßt er schier tausend Mal den Wildhüter
nicht treffen, wenn er auf die Ente anlegt.

Die Möglichkeit, dies alles zu betrachten
und dem Geheul des Herbstwinds zuzuhören,
ist allerdings die einzge Gnade, die
im Dorf dem Atheisten offen steht.

1964

Fuhrwerke

Das Knirschen der Räder nimmt zu,
je dichter die Schatten rundum.
Wird stärker, je weiter der Zug
vom Stachel des Stoppelfelds.
Sie rumpeln von Loch zu Loch.
Je dichter das Blattwerk wird,
je weiter die Wiesen entfernt,
je lauter das Wagengekreisch.

Die kahlen Erlwipfel und
die gelben Birkbüsche sehn,
hört erst ihr Zittern auf,
die Garbenbündel hinauf
ins klare Himmelsblau schaun.
Schon wieder Geäst im Weg,
kein Baum hört Vogelsang mehr,
die Holzspeichen quietschen und weit
hallt der wütenden Fuhrleute Streit.

Tarusa, Februar 1964

1. Januar 1965

Dein Name wird vergessen sein.
Es leuchtet über dir kein Stern.
Das Windgebell nur wirst du hörn
so wie in alter Zeit.
Du legst den Schatten müde ab,
du löschst die Kerze vor dem Schlaf,
da uns das Leben viel mehr Nacht
als Kerzenlicht verheißt.

Woher der Hauch Melancholie?
Die altvertraute Melodie
ertönt. Und wieder. Sei's drum. Sie
mag tönen künftighin.
Mag tönen in der Todesstund
als Dank von Augen, Herz und Mund
an das, was oft zum Firmament
hinauf zu sehn uns zwingt.

Und schweigend starrst du auf die Wand:
der Strumpf ist leer – kein Niklaus fand
dich. Und begreifst's – als Unterpfand,
daß längst zu alt du bist.
Für Wunder ist es schon zu spät.
Als du den Blick zum Himmel hebst,
da fühlst du plötzlich, daß du selbst
die schönste Gabe bist.

1965

Abend

Schnee hat das Heu überstäubt
durch einen Riß in der Wand.
Gewendet hab ich das Heu –
ein Falter flatterte auf.
Falter rot, Falter rot.
Entgangen bist du dem Tod,
im warmen Heu gut versteckt:
im Winterschlaf überlebt.

Benommen sitzt er und schaut,
wie meine Laterne blakt,
wie hell beleuchtet die Wand
aus rohen Baumstämmen ist.
Ich hebe ihn auf und seh
die Staubflügel aus der Näh,
seh klarer sie als das Licht,
als meine eigene Hand.

Hier im Dunkel der Nacht
sind wir zwei ganz allein,
meine Finger sind warm
wie ein Hochsommertag.

1965

Der Springbrunnen

Aus dem Rachen des Löwen
rauscht kein Strahl und ertönt kein Gebrüll.
Hyazinthen in Blüte. Kein Pfeifen, kein Schrei,
keine Stimmen. Reglos das Laub.
Ein befremdlicher Ort für ein so drohendes Antlitz
und neu.
Ganz vertrocknet die Lippen,
von Rost zerfressen die Kehle: Metall ist nicht ewig.
Irgendwer wird den Wasserhahn zugedreht haben,
der versteckt im Gebüsch an der Schwanzspitze liegt,
das Ventil überwuchert von Brennesseln. Abend wird's.
Aus dem Strauch
läuft ein Schwarm
schwarzer Schatten zum Brunnen – wie Löwen hervor
aus dem Dickicht –,
sie umringen den Landsmann, der schläft
in der Mitte des Beckens,
überspringen den Rand und gleiten eilends hinein,
lecken Pfoten und Maul ihres Führers. Je öfter sie lecken,
desto dunkler
droht sein Antlitz. Und schließlich
ist er einer von ihnen, wird plötzlich lebendig,
springt hinunter. Die ganze Gesellschaft saust munter auf
und davon in das Dunkel. Der Himmel
hält die Sterne verborgen in Wolken. Wer nüchtern denkt,
nennt
des Führers Entkommen –
auf der Bank glitzern schon erste Tropfen –
nennt des Führers Entkommen des Sprühregens Kommen.
Und der Regen zieht Schrägstriche erdwärts. Er baut
in der Luft
einen Käfig oder ein Netz für die Löwenfamilie
ohne Nägel und Knoten.

Warm
sprüht
der Regen.
Wie der Löwe, werden auch sie sich
nicht erkälten.
Nicht geliebt, nicht vergessen wirst du je sein.
Aus der Erde wird nachts dich ins Leben holen,
wenn ein Monstrum du warst, eine Meute von Monstern.
Es verraten
deine Flucht
Schnee und Regen.
Zu Erkältung nicht neigend,
kehrst du sicher zum Schlafen ins Diesseits zurück.
Keine Einsamkeit nämlich schmerzt mehr
als Erinnrung an Wunder.
Grad so kehrt ins Gefängnis zurück, wer darin schon gewesen,
und die Tauben – zur Arche.

Dezember 1967

Der Leuchter

Der Satyr, der dem Bronzefluß entstieg,
umfaßt den sechsarmigen Leuchter wie
ein Ding, das zweifelsfrei sein eigen wär.
Das Inventar jedoch behauptet: immer
war er das Eigentum des Leuchters schon.
Besitzverhältnisse, ach, sind wohl so.
Dem Satyr geht's nicht anders. Und daher
sieht an den Hoden man den Grünspan schimmern.

Die Phantasie hebt die reale Welt.
So lief's: er hatte schwimmend überquert
den Fluß, in dessen Spiegel längst der Baum
mit den sechs Armen plätschernd sich bewegte.
Umschlang den Stamm. Doch der war Eigentum
der Erd. Es löschte hinter ihm die Spur
der Fluß, aufglänzend aus der Tiefe Raum.
Und irgendwo schlug eine Philomele.

Noch einen Augenblick, dann hätt bereits
der Satyr seine Einsamkeit erreicht,
dem Fluß, der Erd bewiesen, daß gewiß
sie ihn nicht brauchten; aber vor Beklemmung
ward schwach er. Nacht kam. Doch aus jedem Eck
die Spiegel freudig funkten: »Seht, er lebt!«
Der Leuchter thronte auf dem hohen Tisch,
bezaubernd durch ästhetische Vollendung.

Nicht Tod, ein andrer Kreis harrt unser einst.
Dem Satyr hätt von Fotos, bronzegleich,
gedroht kein Schaden. Doch er überschritt
den Rubikon, ward hart von Schopf bis Penis.
Wahrscheinlich liegt der Kunst sehr viel daran,
zu präzisieren, nicht zu lügen, da

ganz ohne Frage doch ihr Grundprinzip
die Unabhängigkeit aller Details ist.

Zünd an die Kerzen. Und hör auf, man müßt
erhellen jemands Dämmrung durch ihr Licht.
Von uns hat niemand über andre Macht –
geheime Wünsche, die nur Unheil bringen.
An mir ist's nicht, dich, Schönste, zu umfangen,
und nicht an dir, mich weinend anzuklagen.
Legt auf die Dinge selber doch das Wachs
sich, und nicht auf das Denken von den Dingen.

1968

Fast eine Elegie

In alten Tagen wartete auch ich
im Regen in den Börsenkolonnaden.
Und sah das an als eine Gabe Gottes.
Und hatte vielleicht recht. Auch ich war schließlich
einst glücklich. War Gefangener der Engel.
Zog aus, die Ungeheuer zu bekämpfen.
Ich lauerte am Haupteingang, wie Jakob,
auf eine Schöne, die die breite Treppe
hinabgelaufen käme.
Doch das alles
ist lang vorbei, auf immer. Ganz entschwunden.
Ich sehe aus dem Fenster, schreib »wohin«,
doch setze ich erst gar kein Fragezeichen.
Jetzt ist September. Vor mir liegt ein Garten.
Entfernter Donner stopft mir das Gehör.
Im dichten Blattwerk hängen reife Birnen
und gleichen Zeichen stolzer Männlichkeit.
Und wie ein Geizhals seine armen Vettern
zur Küche einläßt, läßt mein Ohr den Regen
nun dringen an den schlafgetrübten Sinn:
noch nicht Musik, doch auch schon nicht mehr Lärm.

Herbst 1968

Winterabend in Jalta

Ein hagres levantinisches Gesicht,
ein Backenbart verdeckt die Pockennarben –
als er nach einer Zigarette in
der Packung fischt, da bricht sein stumpfer Ring
auf einmal mindestens zweihundert Watt;
mein Augkristall hält diesen Strahl nicht aus,
und ich muß blinzeln, worauf er, den Rauch
hinunterschluckend, murmelt: »Tschuldigung.«

Januar auf der Krim. Die Schwarzmeerküste
besucht der Winter nur wie zum Vergnügen:
der Schnee kann sich nicht halten auf den Palmen
und an den scharfen Kanten der Agaven.
Die Restaurants sind gähnend leer. Es qualmen
verrußte Ichthyosauren auf der Reede.
Geruch verwesten Lorbeers füllt die Luft.
»Sie wollen wirklich dies Gesöff?« »Ja bitte.«

Nun denn – Karaffe, Lächeln, Dämmerung.
Ein Barmann, ziemlich weit entfernt, beschreibt
die Hände ringend, Kreise, wie sie ein
Delphin um eine fischbeladne
Feluke zieht. Quadrat des Fensters. In
den Kübeln Goldlack. Schnee treibt federleise.
Verweile, Augenblick! Du bist nicht schön,
doch immerhin bist du unwiederbringlich.

Januar 1969

Verse im April

Auch vergangenen Winter
wurde ich nicht verrückt. Und der Winter
ist inzwischen zu Ende. Ich kann
das Getöse des Eisgangs
und den grünenden Flaum
unterscheiden; das heißt: bin gesund.
Ich beglückwünsche mich,
daß der Frühling beginnt.
Von der blanken Fontanka geblendet,
brech ich auf in unzählige Stücke.
Mit der flachen Hand fahr
ich mir übers Gesicht. Im Gehirn wie im Wald
nur noch Spuren von Harsch.

Nicht mehr jung, mit ergrauendem Haar,
seh ich zu, wie ein Schlepper durchs Treibeis
sich den Weg bahnt zur Mündung.
Gemein
wie der ständige Vorwurf der Schuld
wäre es, das Papier
die Beleidigung büßen zu lassen.
Verzeih
den erhabenen Stil:
ob ohn Ende schon ist unser Mißvergnügen,
enden doch unsre Winter.
Denn das Wesen des Wandels ist dies –
das Gezänk und Gedränge der Musen
auf dem Mahl Mnemosynes.

April 1969

Oktoberlied

Eine Wachtel, ausgestopft,
steht auf dem Kamin.
Die Uhr geht richtig, schlurrt. Sie freut
mehr als die Augen das verknüllte Trommelfell.
Der Baum vorm Fenster – eine trübe Kerze.

Das Meer dröhnt dumpf den vierten Tag am Damm.
Leg weg dein Buch, nimm eine Nadel;
stopf meine Wäsche, zünd aber nicht die Lampe an:
vom Gold der Haare
ist hell dein Platz.

1971

Das Ende einer schönen Epoche

Da poetische Kunst insbesondre der Worte bedarf
und da ich, der griesgrämliche, tumbe, fast kahle Adlat
einer Macht zweiter Klasse, mit ihr Umgang habe,
doch das eigne Gehirn vor Anstrengung lieber bewahr,
mach ich selber mir Hoffnung und frag am Kiosk
nach der Abendausgabe.

Kalter Wind fegt die Blätter. Das trübe Laternengeblak
dieser traurigen Statt mit dem Motto »Der Spiegel Triumph«
nützt das Blinken der Pfützen zu tollen Verschwendungseffek-
ten.
Mit geklauten Orangen poliert man sich das Amalgam.
Ach ja, jenes Gefühl, mit dem man sich anblickt,
hab ich lange vergessen.

Alles an dieser Statt ist auf Winter gerichtet: der Schlaf,
die Gefängnisse, Mäntel, Toiletten der Bräute, neujahrsweiß,
die Uhrzeiger für die Sekunden, die Schnäpse,
all der Schmutz zwischen Streusalz, die gut puritanische Art,
und die Wämschen, die Wäsche. Und dann noch in Stehgeiger-
hand
diese hölzernen Wärmer.

Unbewegliche Statt. Überlegt man das riesige Maß
Blei und Eisen, so schüttelt betäubt man den Kopf
und erinnert sich früherer Macht über Peitschen, Sturmhauben.
doch zieht hin es zum Eisen den Adler wie einen Magnet.
Selbst die Flechtstühle halten sich hier
nur mit Muttern und Schrauben.

Nur die Fische im Ozean wissen genau um den Wert
ihrer Freiheit, jedoch ihre Stummheit erfordert von uns
eigne Schildchen und Kassen. Der Raum steht als Liste der
Preise

da. Der Tod schafft die Zeit. Sie braucht Körper und Dinge,
sie sucht
sich in unreifem Grünzeuge deren Natur. Und der Hahn
auf dem Turm lauscht der Weise.

Eine Zeit der Vollendung und ihre verfeinerte Art
zu erfahren ist nicht ohne Tücken. Der Schönen zerreißt
man das Kleid, findet bloß Altbekanntes, nicht Wunderge-
schöpfe.
Lobatschewskij wird hier zwar nicht ernsthaft beachtet, jedoch
die verzerrte Welt muß sich einmal zusammenziehn – dort:
perspektivisch das Ende.

Eine Kugel ins Hirn – wie aufs Schandmal den Finger gelegt,
oder weit übers Meer hinzuziehn als verheißener Christ.
Und wie soll man, benebelt von Kälte und stark angeheitert,
nicht auch Lokomotive und Dampfer verwechseln? Kein Grund,
sich zu schämen: der Kahn wie das Lokrad gehn spurenlos hin
über Wasser und Gleise.

Was berichtet die Zeitung als »Nachrichten aus dem Gericht«?
Daß das Urteil vollstreckt ist. Der einfache Bürger erkennt,
sieht er hin, durchs metallne Gestell seiner Brille,
daß ein Mensch, das Gesicht auf den Boden gedreht, an der
Ziegelsteinwand
liegt, doch nicht etwa schläft, denn Träume verschmähen zu
Recht
die durchlöcherte Birne.

Ja, die Wachsamkeit dieser Epoche hat ihren Beginn
in der Zeit allgemeiner Beschränktheit, wo man nicht imstand
war, ein Wickelkind von einem Windelstoß zu unterscheiden.
Die helläugigen Tschuden sehn über den Tod nicht hinaus.
Ach, gedeckt ist die Tafel, doch wer wirft mit mir alles um,
tritt an gegen dich, Rjurik.

Diese Wachsamkeit ist längst so stumpf wie ein rostiges Schwert.
Daß der Geist über Holz sich ergießt, ging bislang nicht an, bloß
Spucke über die Wand. Weckt den Fürsten nicht, den Dino-
sauren.
Für den letzten Vers lohnt eine weitere Feder sich nicht.
Aller schuldloses Haupt harret schließlich des Beils oder sonst
der ergrünenden Lauren.

Dezember 1969

Teil 4

Einem alten Architekten in Rom

1
Die Kutsche werden wir – wenn wirklich
ein Schatten mit der Kutsche fahren kann
(und noch dazu an solchem Regentage)
und wenn Gerüttel ein Gespenst erträgt
und wenn das Pferd den Zaum nicht reißt – erklettern
in Schweigen. Schirmbewehrt, da kein Verdeck.
Und fort geht's durch die Viertel Königsbergs.

2
Der Regen kitzelt Stein, Blatt, Wellenkamm.
Die Zunge reizend murmelt trüb ein Flüßchen,
dem seine Fischlein, die ertaubt auf immer,
von oben, von der Brücke zuschaun, gleichsam
von Springflut ans Geländer hier getragen.
(Obwohl die Flut selbst keine Spuren ließ.)
Wie Ritter-Rüstung blitzt die Stahl-Meeräsche.
Die Bäume flüstern irgendwas auf deutsch.

3
Dem Fuhrmann gib dein überscharfes Zeissglas.
Soll aus dem Trambahngleis er springen. Hört er
von hinten etwa nicht das Läuten? Ihrer
millionsten Tour saust zu die Trambahn. Bimmelt
frenetisch und, im Überholen, übertönt
das laute Hufetrappeln sie. Es beugen
sich von den Hügeln die Ruinen, blickend
ins Trambahnfenster wie in einen Spiegel.

4
Dem Grase zittern demutsvoll die Rispen.
Akanthen, Nimben, Täuberiche, Täubchen,
Atlanten, Nymphen, Kupidonen, Löwen

verbergen ihre Stümpfe hinterm Rücken.
Narziß könnt sich nichts Spiegelnderes wünschen
als dieses schnelle Wagenfenster, wo
die Passagiere, an der Wand versammelt,
auf Zeit gar zu amalgamieren drohen.

5
Die Stunde früh. Es dämmert. Flußher Dampf.
Im Winde tanzen Kippen um die Urne.
Ein junger Archäologe schüttet Scherben
in die Kapuze seiner fleckgen Jacke.
Es nieselt. Zu bleibt dir der Mund, wenn du
auf Flächen, da und dort beschneit von Schotter,
inmitten hoher Trümmer jäh verwirrt
Suworows schlichte Büste hier erblickst.

6
Das Festmahl ... Bomber-Festmahl ist verstummt.
Von den Portalen wäscht der März den Ruß.
Von Schwärmern liegen Reste hier und dort.
Plumagen stehen da, versteint auf ewig.
Und wer hier in dem Trümmerhause wie
im Heu nach Nadeln stöberte, der könnte
das Glück ganz wiederfinden, unter der
Quartärschicht aus den Splittern von Granaten.

7
Der Ahorn klebrig treibt das erste Blatt.
Im Dome kreischt und pfeift ein Sägewerk.
Auch husten Krähen im verwaisten Parke.
Die Bänke naß. Und durch den Zaun die Ziege
aus vollen Augen schaut herüber, wo
ersprießen junge Gräser auf dem Vorwerk.

8
Der Lenz schaut durch die Fenster auf sich selbst.
Dabei erkennt er sich natürlich gleich.
Das Schicksal durch sein Sehen sieht uns vor

hier alles, was dem Auge unzugänglich.
Und Leben drängt sich beiderseits der Mauer,
befreit von des Granitsteins Form und Antlitz.
Es schaut nach vorn, soweit kein Rücken sperrt ...
Auch wenn's von Schatten in den Büschen überquillt.

9
Doch bist du kein Gespenst, vielmehr von Fleisch
und Blut, geh zur Natur in Lehre. Wenn
du diese Landschaft fertigbringst, dann such dir
für deine Seele eine andere Struktur!
Gib auf Zement, Granit und Ziegel, die
in Schutt gelegt mit einer Flügelschraube –
durch wen? –, und gib der Seele erstmals die
Atomgestalt, die dich die Schule lehrte.

10
Und mög ein Bruch aufgähnen zwischen deinen
Gefühlen nun. Ein Schwall der schlimmen Angst dir
die matte Trauer sprengen. Herzen, Mauern
zu retten im Atomzeitalter, da
gleich dünnen Stangen Felsen zittern, gelänge
uns mit derselben Kraft zum Stärken, Binden,
die zum Bedrohen innehat der Tod;
damit ich bebe, wenn ich höre: »Liebster«.

11
Vergleiche mit dir, mit dem Auge miß
die Liebe, Leidenschaft und Schmerzerschlaffung.
So will der Astronaut im Flug zum Mars
auf einmal näher seiner Heimat sein.
Doch jene Zärtlichkeit, die ohne Hände,
schießt jäher dir Verdutztem ins Gehirn
als Küsse: haltbarer als Bunkerdecken
ist doch das Firmament der Trennungen.

12

Tschik, tschik, tscherik. Tschik tschik. Du blickst nach oben,
und siehst kraft Trauer – eher kraft Gewohnheit –
in dünnen Gittern Königsberg. Wieso sollt
das Vögelein nicht heißen Kaukasus,
nicht Rom, nicht Königsberg vielleicht? Wenn doch,
so weit du schaust, nur Ziegeln, Schotter liegen
und statt der Dinge Worte nur vorhanden.
Doch ist kein Mund hier. Und erschallt Getschilpe.

13

Und du verzeihst die Wirrheit meiner Worte.
Jetzt hat von ihnen – nur der Star den Schaden.
Doch er, beharrlich: Tschik, *ich liebe dich.*
Mag aber sein, er meint damit: *Ich sterbe.*
Steck Heft und Zeiss in deine große Tasche.
Den trocknen Rücken dreh zur Wetterfahne,
klapp ein den Schirm, wie eine Kräh die Flügel.
Und nur der Griff verrät den Masthuhnschwanz.

14

Schweißflocken am Geschirr ... kein Pferd ... kein Klappern
von Hufen hörbar ... Dort, in den Ruinen
die Kutsche zwischen leeren Hügeln irrt ...
Sie wird einst irgendwo hinunterrollen ...
Zwei lange Zäume hinter sich ... Im Sande
nur Räderspuren. Jäh die Büsche knistern ...

Die See, mit Kämmen, deren Züge gleichen
der Landschaft, die zurückgeblieben, läuft
entgegen und zieht mit, wie eine Nachricht,
wie gute Nachricht – hier, zur Weltengrenze –
die Wellen. Diese Gleichform hier in ihnen
vernichtet sie, da sie die Speichen streichelt.

1964

Verse auf den Tod T. S. Eliots

I

Er starb im Januar. Das Jahr begann.
Stand im Laternenscheine Frost am Eingang.
Natur geriet nicht mehr ihm vorzuführen
die Reigen ihrer grünen Ballerinen.
Vom Schnee wurden die Fenster enger.
Stand im Laternenschein der starre Herold.
Den Kreuzungen froren die Pfützen zu.
Die Tür verschloß er mit der Jahre Kette.

Bankrotts nicht zeihen wird der Musen Sippe
das Erbe dieser Tage. So verwaist
ist alleweil die Poesie gegründet
auf Gleichheit gleich vergehnder Tage.
Ins Aug ergossen, aufgelöst in Lymphe,
ist sie verwandt nur der äolschen Nymphe
wie Freund Narziß. Doch im Kalendervers
ist andren sie gewiß noch mehr erkenntlich.

Von bösen Mienen, bös Gedanken frei, nimmt
Frau Tod sich nicht aus all den Herrlichkeiten
des Großen Katalogs die Stil-Schönheiten,
zu tun ist ihr nur immer um den Sänger.
Sie braucht die Felder und die Haine nicht,
das Meer auch nicht in seinem prächtgen Glanze.
Ungeizig ist sie, da auf kleinem Raume
sie Herzen aufzuhäufen sich erlaubt.

Auf freien Plätzen lohten schon die Tannen,
und Abfall wurde aus der Tür gefegt,
die Engel in die Fächer eingeordnet.
Als Katholik hielt er bis Weihnacht aus.
Doch wie das Meer zur lauten Zeit der Tiede

zerspellt am Wellenbrecher, rechtens dann
zurück die Wellen einsaugt, ist er eilig
vor seinem Trumpf und Ruhm davongegangen.

Ihn ruft nicht Gott, ihn ruft die Zeit, die Zeit.
Das junge Volk der Riesen-Wellen hebt
jenes Bewegung Last zum Rande leicht
der blütenreichen Franse, und
im Abschiednehmen schlägt es an den Rand
der Erde. Lacht im Überschuß der Kräfte.
Und durch den Januar ragt jenes Bucht
ins Wesen dieser Tage, da wir bleiben.

2
Gesichterdeuter, Magier, wo seid ihr?
Hierher! Und unterstützt die Aureole:
Zwei trauernde Figuren schauen nieder.
Sie singen. Ähnlich sind sich ihre Weisen!
Zwei Jungfraun – kann man aber sagen Jungfraun?
Denn Schmerz, nicht Leidenschaft macht das Geschlecht aus.
Es ist die eine Adam ähnlich halb
uns zugekehrt. Doch sind's die Haare – Evas …

Gebeugt die schläfrigen Gesichter stehn
Amerika, da er geboren,
und Anglia, da er gestorben, trübe
an einer Seite je von seinem Grabe,
und an dem Himmel fahrn der Wolken Schiffe.

Doch ist ein jedes Grab der Rand der Erde.

3
Deinen Kranz nimm ab, Apoll.
Eliot zu Füßen leg
Kranz und Grenze allen Ruhms,
den die Körperwelt enthält.

Schrittgeräusch und Lyra-Klang
erinnern wird der Wald ringsum.
Dem Gedächtnis dienen wird
das allein, was weiterlebt.

Erinnern wird dich Wald und Tal.
Erinnern dich höchstselbst Äol.
Erinnern wird dich jeder Halm,
wie's Horatius Flaccus wollt.

Thomas Stearns, fürcht keine Geiß!
Ungefährlich ist die Mahd.
Noch der Löwenzahn – kein Stein –
dein Gedächtnis schließet ein.

Dergestalt geht Liebe fort.
Rückkehrlos. In fremde Nacht.
Unterbrach Geschrei, Gespräch.
Wurde unsichtbar – und lebt.

Du gingst fort zu andren. Wir
nennen Reich der Finsternis
jenes Land, das uns verhüllt.
So befiehlt uns Eifersucht.

Erinnern wird dich Wald und Au.
Erinnern alles dich ringsum.
Wie der Leib – ist leer die Welt? –
Kuß und Hände stets behält.

12. Januar 1965

An eine Dichterin

Ich kranke an normalem Klassizismus.
Und Sie, Verehrte, kranken an Sarkasmus.
Natürlich kommt man leichthin zu Capricen,
wenn man bei der Akzisbehörde dient.
Sie sprachen auch vom »eisernen Jahrhundert«.
Doch dacht ich nicht, wie ich Verschiednes sagte,
daß ich, an Klassizismus nüchtern krankend,
selbst auf des Messers Schneide ging spazieren.

Jetzt ist zu Ende mein und Ihre Freundschaft,
und weicht nun jahrelangem Prozessieren.
Im Dienst Carrière zu machen wird Sie denn
auch Bacchus hindern und kein andrer sonst.
Ich wende mich von diesem Felde so,
wie ich's betrat. Auch bin ich so
verhärtet nicht wie Herkulaneum
in Bims. Und keinen Finger für Sie rühr ich.

Das Rechten – lassen wirs. Ich bin längst unfrei.
Kartoffeln eß ich, schlaf auf Heu. Des weitren:
es brankmarkt mich seit neustem – eine Glatze.
Ich bin ein Epigon und Papagei.
Sie hätten nicht verdrängt, daß Papageien – leben?
Als durch Gesetzeskraft mir »Forken« wuchsen,
ward ich durch Ihre Weissagung erwärmt.

Der Musen-Dienst setzt irgendwo doch Grenzen.
Dafür dient man gewöhnlich so voll Eifer,
daß ein geheiligt Zittern faßt die Hände
und sehr gewiß die Gottheit nahe ist.
Der eine Sänger schickt sich zum Rapport an.
Der andere erzeugt gedämpftes Murren.
Der dritte weiß, daß er bloß Sprachrohr ist.
Und der pflückt alle Blumen der Verwandtschaft.

Frau Tod sagt, es erreicht Sarkasmus
die Macht des Lebens nicht. Mit seinem Prisma
vergrößern könne er ausschließlich Plasma.
Den Kern bekommt er leider nicht ins Bild.
Und darum mocht, so lang im Dienst der Musen,
den Vorzug geben ich dem Klassizismus.
Hätt auch, wie jener myst'sche Syrakuser
die Welt erschauen können – aus dem Eimer.

Das Rechten – lassen wir's. Wohl meine Schwäche.
Sarkasmus, Freude hab bei Ihnen ich
verspürt; in meiner Ödnis preis ich andres:
das Schwirren einer gleisnerischen Wespe
macht demutsvoll die einfache Kamille.
Ich weiß, daß ich vorm Abgrund steh. Und mein
Bewußtsein kreist gleich einem Schaufelrad
um seine Achse, die unbiegsam ist.

Es baut der Schuster Schuhe. Und der Bäcker
errichtet Brezeln. Dicke Folianten
der Schwarzkünstler gebraucht. Der Sünder
vertieft an jedem Tage seine Sünden.
Delphine ziehn den Dreifuß durch die Wellen,
und seine Nächsten überblickt Apollo –
die letztlich endlos Äußerliche sind.
Die Wälder rauschen, und der Himmel – taub.

Schon bald ist Herbst. Die Schülerhefte liegen
in Ranzen. Hexen Ihres Typs
ihr Haar zu großen Knoten legen gegen Kälte.
Ich denk an die tauridsche Episode,
wie schlug uns dort Natur in ihren Bann.
Allweil in ihrer wildwachsenden Form.
Ich bin erstaunt und trauere, Madame.

September 1965

Zwei Stunden in einem Behälter

»Mir ist fad, Teufel ...« A. S. Puschkin

1

Ich bin antifaschist und antifaust.
Ich libe Leben, ich vergöttre Chchaos.
Ich bin zu wolln, genosse oficiren,
dem zait zum faust ein weniges schpaziren.

2

Ganz unberührt von polnscher Propaganda,
traurt' er in Krakau nach dem faterlande
und träumt' vom Philosophendiamante
und zweifelte am eigenen Talente.
Er war den Damen gern ein Sektglasholer.
Ad »Mann und Weib« gab er manch Wortstreit-Solo.
Er spielt' im Fakultätsteam Polo.

Studiert' die Kartenspieler-Katechesen
und schmeckte cartesiansche Wonnen.
Worauf er in den artesianschen Bronnen
der Egozentrik sackte. Doch der Schlachtwitz,
durch den hervorstach Clausewitz,
war ihm ganz offenkundig unbekannt,
dieweil sein fater Kunsttischler gewesen.

Zumbaischpil, da grassierten gla-u-koma,
die Pest, chcholèra und tuberkulosen.
Er schützte sich durch schwartse papirossen.
Es fuhren ihn Zigeuner oder Mauren.
Und dann gehört' er zu den Baccalauren,
und dann erwarb er Lizenziaten-Lauren
und sang vor den Studenten: »Kimbern ... Dinosauren ...«

Ein deutscher Geist, ein deutsches Trumm
von Kerl. Drum – cogito ergo sum.

Germanija, natürlich jüber alls.
(Bekannt klingt uns die Wiener vals'.)
Von Krakau schied er ohne Überschwang,
fuhr im Fiaker flott die Straßen lang
zum Lehrstuhl und zum biedren Bierausschank.

3
Jung-Mond durch Wolken halbstark wallte.
Ein riesger Foliant. Darüber – eine Mannsgestalte.
Zwei buschge Brauen rahmen eine dunkle Falte.
Die Augen – Blendwerk arabesker Spitzen.
Die Hand hält zitternd einen schwarzen griffil.
Im Eck – betrachtet ihn im Pròfil
Arabiens Vertreter Mef-ibn-Stofil.

Es brennen Kerzen. Mäuse rascheln.
»Herr doktor, Mittnacht.« »Jawol, schlafen, schlafen.«
Zwei schwarze Rachen prononcieren »mjau«.
Ganz still kommt aus der Küche jiddisch frau.
Auf dem Tablett zischt ein Omlett mit schpekken.
Herr doktor schreibt adresse auf kouvert:
»Gott schtrafe Ingland, London, Francis Bäkken.«

Es kommen und gehn Gedanken, Teufel.
Es kommen und gehen Gäste, Jahre.
Man weiß das Kleid nicht mehr, die Worte noch das Wetter.
Und so verging die Zeit im Sauseschritt.
Er konnt Arabisch, nicht jedoch Sanskrit.
Und mit Verspätung kam in sein Beritt
hej aine klaine froilain Margarit.

Nach Kairo sandt er da ein Tele,
worin dem Teufel abtrat er sein Seele.
Herbei kam Mef – und um zog Faust sich,
schaut in den Spiegel, wo er überzeugt sich,
daß neu auf ewig jetzt geborn er sich.
Nimmt Kurs aufs buduar der Mieze
mit Blumenstrauß. Und veni, vidi, vici.

4

Ich libe Klarheit. Ja. Ich libe pünktlich.
Ich bin hier bitten keine Schande sehn.
Du meinen, er auf Blumenmädchen stehn?
Ich panimai, daß das ist gantse dringlich.
Doch dies Affärchen macht der grosse minus.
Di toitschno schprache macht der grosse sinus:
Herz, Seele nain gehapt zum Heimgenuß.

Alles – erwartst vom Menschen du vergebens.
»Verweile doch, du bist so schön.«
Der Teufel wandelt stündlich unter uns
und lauert augenblicks auf diese Phrase.
Jedoch der Mensch ist, maine libe herrn,
der Sicherheit im starken Fühlen derart fern,
daß er minütlich lügt wie ein ergrauter Landser,
doch, gleichwie Goethe, ausläßt keine Schangse.

Und grosser Dichter Gjöte machte Fehler,
und seinem ganzen Thema ging's an Kehle.
Und Thomas Mann vergrault' sich seine Leser,
und cher Gounod vergrätzte seine Sängerin.
Die Kunst ist Kunst ist Kunst ... Doch besser
singt man im Paradies, als im Konzert zu lügen.
Di kunst gehapt Bedarf an wahrem Fühlen.

Zuletzt erfuhr er Todesbangen.
Er wußt exakt, woher die Teufel kamen.
Er kannt sich aus in Avicenna und Galèn'.
Er konnt das wasser trocknen auf den Knien.
Am Holzscheit sehn des Baumes Jahre.
Er wußt das Ziel von allen Sternenbahnen.

Doch hatte doktor Faust von Gott nix Ahnung.

5

Es gibt die Mystik, Glauben. Es gibt Gott.
Es ist ein Unterschied in ihnen. Und ist Einheit.
Den einen schadet, andre rettet Lust.
Oft ist Unglaube Blindheit. Mehr: Gemeinheit.

Gott schaut herab. Die Menschen schauen auf.
Doch haben sie verschiedne Interessen.
Gott ist organisch. Ja. Aber der Mensch?
Der Mensch hat doch wohl seine Grenzen.

Der Mensch hat seine eigne Zimmerdecke,
die aber nicht sehr fest da oben hält.
Der Schmeichler sich im Herzen eine Ecke
erteufelt – und die Sicht aufs Leben ist verstellt.

So war der doktor Faust. So waren
Marlowe und Goethe, Thomas Mann und Massen
von Intellektuellen, Dichtern und Scholaren,
o weh, von Lesern auch ganz andrer Klassen.

Ein einzger Wassersturz wird ihre Spurn fortwaschen,
Gedanken – donnerwetter! –, Kolben und Moustachen ...
Geb ihnen Gott noch Zeit, »wohin?« zu fragen,
und Luft, der Musen Flüche ihnen zuzutragen.

Zumuten wird der biedre Deutsche sich,
den Weg tsurjük zu gehen, wohl nicht lassen.
Er wird die Walther aus der warmen Hose fassen,
im walther-clòset zu verschwinden ewiglich.

6

Froilain, Sie sagen, was ist das »inkùbus«?
Inkubus das ist aine klaine globus.
Noch grosser dichter Gjöte stellt' dies rebus!
Und böse Kraniche von Ibikus

aufrauschend aus dem weimarischen Nebel
den Schlüssel dazu glatt ihm aus der Tasche griffen.
Uns rettet' nicht die Scharfsicht Eckermanns,
und wir sind jetzt, matrosen, auf den Riffen.

Es gibt authentisch geistliche Probleme.
Und Mystik ist ein Zeichen unsrer Schwäche,
mit ihnen klar zu werden. Anders käme
ich nix dazu, mir dieses zu erklären.
Zumbaischpil, Zimmerdecke gilt zum Dache
als eine Vor-Figur. Ich aber wette:
Als Werk das Größte, doch als Mensch das Nietzscheste.
Mir fällt Maria ein in einer Nische,
ein üppges frischtik, mir serviert am Bette.

Erneut September. Fad ist's. Voller Mond.
Zu Füßen schnurrt mir eine graue Hexe.
Unter meim Kissen hatt ich eine Axt ...
Dawai jetzt schnapsen ... das ist ... apgemacht!
Jawol. September. Es verdirbt chcharakter.
Aufs Feld bugsiert ein tuckeriger Traktor.
Ich libe Leb'n und »Felkisch beobàchter«.
Gut nacht, main libe herren. Ja, gut nacht.

September 1965

Aus der Schul-Anthologie: Albert Frolów

Albert Frolów, der Stille sanfter Freund.
Die Mutter stempelte die Briefumschläge
im Postdienst. Und sein Vater? Nun, der fiel
im Kampf für Finnlands Unabhängigkeit.
Er hatte zwar für den Bestand des Namens
gesorgt, sah aber seinen Junior nie.

Im Stillen formte sich Jung-Alberts Geist.
Ich denk noch an die Beulen an der Schläfe:
In Bio hatten Frösche wir zerlegt,
und er war von dem Stuhl gerutscht vor Schreck,
daß er nicht wußte, daß dies Tier der Seele
ermangelte. Was zweifellos den Weg

dem spätren Höhenflug des Geistes wies,
der ihn glatt auf die Fachhochschule hintrug,
wo, kämpfend mit den Engeln, er in Not
geriet, um – ein gefallner Cherub – dann
aus seinen Wolken auf die Erd zu stürzen,
wo eine blitzende Trompete sich ihm bot.

Der Ton – gleich einem sich entrollnden Band –
ist eine Art Verlängerung der Stille.
Wenn er ein Solo blies, dann schielte er
auf den Trompetentrichter, wo, entflammt
vom Bühnenlicht, Glühwürmchen flimmernd tanzten,
bis vom Applaus sie schließlich weggefegt.

Doch das war abends. Tags hingegen sieht
man keinen Stern. Auch nicht vom Brunnengrunde.
Die Frau verließ ihn und den Wäscheschmutz.
Die alte Mutter sorgte nun für ihn.
Er fing zu trinken an. Stieg rasch auf Drogen
dann um, gab oft und öfter sich den Schuß.

Aus Trübsinn, aus Verzweiflung – was weiß ich.
Ich bin in diesen Dingen nicht bewandert.
Es ändern, scheint's, sich Raum- und Zeitgefühl:
beim Spielen kann man sonst mit einem Blick
erfassen acht, neun Takte; diese Spanne
verdoppelt mit gewissen Drogen sich …

In den Kulturpalästen, wo er mit
der Band auftrat, vereinnahmten die Spiegel
verfinstert-höflich seine vom Ekzem
entstellten Züge. Er zersetze – wie
es hieß – das Kollektiv. Das Umerziehen
gab auf man eines Tags, entließ ihn. Er

quittierte dies mit: »Scheiße!«, um sodann,
gleich einem A, das leis verhaucht, zwecks Meidung
des täglich-müßigen Gehechels und
wie eine Zeile, die ins Feld sich stiehlt,
wohl eher noch: ad absolutum führend
Entlassung als Idee, ganz zu verschwinden.

Am zweiten Januar, in tiefster Nacht,
warf unser Schiff am Kai von Sotschi Anker.
Ich wollte noch was trinken. Ließ bergan
durch das Gewirr der Gäßchen – Richtung Stadt,
vom Hafen fort – mich treiben und befand mich
auf einmal vor dem Restaurant »Kaskad«.

Man feierte Neujahr. Und Tannengrün
aus Plastik hing von Palmen. Tanzend zogen
Georgier von der miesen Sorte durchs Lokal
und sangen »Tbilisso«. Ja, Leben ist
allorts, hier auch, auf seine Art. Beim Solo
war plötzlich ich gebannt, sah hoch vom Glas.

Das Restaurant war voll. Ich bahnte mir
durchs Chaos von Geräuschen und Gerüchen
mühsam den Weg zur Bühne. Sagte dort
zu einem krummen Rücken: »Albert«, ihn
am Ärmel zupfend – eine schreckliche,
monströse Maske wandte langsam mir

sich zu. Von Schorf bedeckt, entzündet und
verkrustet. Nur das Haar, dünn, strähnig, frei von
Ekzem, sowie die Augen waren die
des Schülers, der vor gut zwölf Jahren noch
in mein Heft schielte, um draus abzuschreiben,
so wie in seins ich oft genug geschielt.

»Was machst du hier zu dieser Jahreszeit?«
Die Haut vertrocknet, mit den harten Runzeln
der Borke. Die Pupillen – Eichhörnchen,
aus Höhlen starrend. »Wie geht's dir so?« »Ich
bin Jason, der in Kolchis überwintert.
Das Klima hier ist gut für mein Ekzem ...«

Dann gingen wir hinaus. Laternenlicht,
obwohl nur spärlich, hinderte den Himmel
ganz mit der Straße zu verfließen. Ein
Ossete war Gendarm. Der »Mensch mit dem
Etui«, auch hier den Schatten nicht verlassend:
»Bist du allein hier?« »Ja, ich denk, allein.«

Ein Jason? Kaum. Ein Hiob, der jedoch
nicht mit dem Himmel haderte, nur einfach
ganz aufging in der Nacht – auf Leben wie
auf Tod ... Ein Küstenstreifen, beißender
Geruch nach Seetang her vom Ost, das Rascheln
der unsichtbaren Palmen – alles dies

fing plötzlich an zu taumeln. Und am Kai
ein kurzer Blitz ins sternenlose Dunkel.
Die Stille weiterspinnend, klang ein Ton,
verfolgte schwimmend das schon ferne Schiff.

Ich hörte singen, voll des Leids und Kummers:
»Wie hoch, wie unermeßlich hoch der Mond!«

1969

Haltestelle in der Wüste

In Leningrad sind jetzt so wenig Griechen,
daß eine griechisch-orthodoxe Kirche
man abriß, um an ihre Stelle einen
Konzertsaal hinzusetzen. Solch ein Bau
hat heute etwas Hoffnungsloses. Dabei
muß ein Konzertsaal mit viertausend Plätzen
so hoffnungslos nicht sein: er ist ein Tempel,
ein Heiligtum der Kunst. Wer kann dafür,
daß die vokale Meisterschaft mehr Menschen
um sich vereint als mürbe Glaubensbanner?
Nur schade, daß wir jetzt von weitem nicht
mehr die gewohnte Kuppel sehen werden,
nur einen häßlich abgeflachten Umriß.
Doch hängt der Mensch nicht von der Häßlichkeit
der Proportionen ab, vielmehr weit öfter von
den Proportionen fader Häßlichkeit.

Ich weiß noch gut, wie man die Kirche abriß.
In jenem Frühling war ich oft bei einer
tatarischen Familie zu Gast,
die in der Nähe wohnte, wo vom Fenster
der Blick zur alten Griechenkirche schweifte.
Zu Anfang war tatarisches Gespräch;
doch drängte bald ein ratterndes Geräusch
sich ein, das unsre Rede erst nur zu
begleiten schien, dann rasch sie übertönte.
Im Kirchengärtchen stand ein Riesenbagger
mit einer Eisenbirne vorn am Kran.
Und klaglos gab die Kirchenmauer nach.
Nicht nachzugeben wär auch lächerlich
für eine so massiv bedrohte Mauer.
Es mochte außerdem der Bagger meinen,
sie sei ein unbeseelter Gegenstand

und also, in gewissem Maße, selber
ihm gleich. Gilt in der unbeseelten Welt
es doch als ungehörig, sich zu wehren.
Dann fuhren dort die Kipplastwagen vor,
Bulldozer ... Irgendwann an jenem Abend,
sehr spät schon, saß ich auf den Apsistrümmern.
Es gähnte durch die Löcher des Altars
die Nacht. Ich schaute durch die offnen Wunden
den Straßenbahnen nach, wie sie entschwanden
entlang der Kette bleicher Straßenlampen.
Und das, was man in Kirchen sonst nicht findet,
sah ich nun durch das Prisma dieser Kirche.

Dereinst, wenn wir nicht mehr am Leben sind,
genauer: nach uns, wird, wo unser Raum war,
ein Ding, ein Wesen solcher Art entstehen,
daß jeder, der uns kannte, sich entsetzt.
Doch die uns kannten wird's dann kaum mehr geben.
Die Hunde halten die Erinnrung wach
und heben noch am alten Ort das Bein.
Schon lange ist die Mauer abgerissen,
doch in den Hundeträumen steht sie noch.
Und diese Träume löschen, was real ist.
Vielleicht auch hält die Erde den Geruch:
Asphalt kann Hundenasen nicht bezwingen.
Was kümmert sie das häßliche Gebäude!
Für sie steht hier die Kirche und nichts andres.
Denn das, was für die Menschen offensichtlich,
das ist den Hunden restlos einerlei.
Und ebendas nennt man wohl »Hundetreue«.
Und wenn im Ernst ich jemals sprechen sollte
vom Staffellauf der Generationen,
so glaubte ich allein an diese Staffel.
Vielmehr: an jeden, der den Duft noch wahrnimmt.

Jetzt sind in Leningrad nur noch so wenig Griechen –
wie's überhaupt, außer in Griechenland,

nur wen'ge gibt –, zu wenig jedenfalls,
zu retten das Gebäude ihres Glaubens.
Nunmehr an das zu glauben, was wir bauen,
verlangt von ihnen keiner. Eines ist
es – allem Anschein nach –, ein Volk zu taufen,
das Kreuz zu tragen – etwas gänzlich andres.
Sie hatten eine einzge, klare Pflicht.
Sie waren nicht imstand, sie zu erfüllen.
Das ungepflügte Feld wuchs zu mit Unkraut.
»Du, Sämann, halte deinen Pflug bereit –
wir sagen dir, wann Zeit zu ernten ist.«
Sie hielten ihre Pflugschar nicht bereit.

Heut nacht schau in das dunkle Fenster ich
und denke nach: Wie weit sind wir gekommen?
Und was ist ferner uns: der Hellenismus,
der orthodoxe Glaube? Was ist nah uns?
Was haben wir in Zukunft zu erwarten?
Harrt unser jetzt nicht eine andre Ära?
Und wenn's so ist, was ist dann unsre Pflicht?
Und welche Opfer müssen wir ihr bringen?

1966

Adieu, Mademoiselle Veronika

1

Wenn ich ende einst unter Taubenflügeln,
was gänzlich real ist, weil Drehn am Fleischwolf
zum Luxus geworden ist kleiner Völker –
nach der Vielzahl von Großmanövern
Mars sich nun verlegt auf die Palmen-Gegend;
ich selbst tu keiner Fliege ein Leides,
nicht mal zu ihrer Glanzzeit im Julei –
kurz, wenn ich sterbe nicht von Kugeln,
wenn ich sterbe im Bett, im Pyjama,
da ich angehöre einem großen Reiche,

2

dann werd ich in ungefähr zwanzig Jahren,
wenn mein Sprößling nicht meinen Lorbeer versilbern,
dafür selbst was verdienen kann, mir gestatten
und meine Familie verlassen – in zwanzig
Jahren komm ich, wegen Verrücktheit
unter Vormundschaft, Äskulaps Haus besuchen.
Und ich komm zu Fuß, wenn die Kräfte reichen,
zu dem Einzigen, was an dich in Rußland
mich erinnert. Auch trotz der Regel,
was ein andrer verlassen selbst ruhn zu lassen.

3

Zwischenmenschlich wird dies als Fortschritt gelten.
Und in zwanzig Jahren such ich den Sessel,
darauf du einst vor mir hast gesessen,
zu der Zeit, da für Christi Leichnam
sich geendigt die Kreuzesqualen –
am Karfreitag hast du hier gesessen
und die Arme gekreuzt wie l'Empereur auf Elba.
Und auf allen Kreuzwegen weiß die Weiden.

Du verschränktest die Arme auf dem Grün deines Kleides
und wagtest sie nicht zur Umarmung zu öffnen.

4
Besagte Pose, bei aller Freundschaft,
ist das bessere Sinnbild für unser Leben.
Jedoch ist sie keineswegs Starrheit. Vielmehr
Apotheose des Gegenstands in uns.
Sie ist anstatt Demut einfache Ruhe.
Das heißt, ein neues Christentum, wonach man
Achtung gewähren muß, Hilfe leisten
denen, die fähig sind höchstwahrscheinlich,
wenn Gabriel kommt mit seiner Trompete,
den toten Gegenstand in sich zu wahren!

5
Gesund zu sein ist bei Propheten nicht Regel.
In ihrer Masse sind Krüppel die Seher.
Sehender bin ich nicht als Nasos Kalchas.
Darum ist weissagen, wie wenn man hielte
Kakteen oder Löwenmäulchen an ein Visier.
Es ist, wie wenn man lesen lernt nach Braille.
Ist hoffnungslos. Jedenfalls Dinge,
dir ertastbar gleichend, gibt's auf der Welt,
so viel, wie die Katz zusammenweint.

6
Du wirst mir zweifellos den Frozzelton
verzeihn. Er ist die beste Art, die starken
Gefühle vor der Masse schwächlicher
zu retten. Neu in Mode ist das alte
Prinzip der Maske. Denn in unsrer Zeit
gehen die Starken zugrund. Und das Geschlecht
der Schwachen vermehrt sich en gros und en détail.
Empfang von mir heut, als mein Postskriptum
zu Darwins so altersstarrer Lehre
diese neue Wahrheit, dies Dschungelgesetz.

7
In zwanzig Jahren, denn leichter erinnern wir uns
an das, was uns fehlt, als es aufzufüllen
mit etwas anderem von außen.
Denn daß kein Recht ist, das ist schlimmer
als daß du nicht da bist – ein neuer Gogol,
kann ich mich, unstreitig, beliebig sattsehn,
ohne zurückzublicken, ohne die frühere Angst –
wie die Zauberlaterne von Christi Passah
zum Klang von Leitungswasser die Lehne
des leeren Sessels wie einen Bildschirm belebt.

8
In unserer Geschichte ist Größe, in der Zukunft – Prosa.
Denn ein leerer Sessel ist nicht mehr gefragt
als du, drin sitzend, wie der Gardasee still,
mit verschränkten Armen, wie ich oben schrieb.
In der Summe unsrer Tage ist an Umarmung
lang nicht so viel wie Öffnung der Arme zur Kreuzigung.
So daß der Gedanke des lahmen Sängers
jetzt, in der Karwoche Siebenundsechzig,
vor mir schwebt als Gleichnis des Veto
gegen Fisimatenten in den Neunzehnneunzigern.

9
Bringt mir nicht bald dies Vöglein Rettung,
d. h. bringt es nicht bald ein Eilein hervor,
und bleib ohn Ariadne in dem Labyrinthe
(denn der Tod hat Varianten, welche
vorherzusehen – auch brillant ist)
allein ich und schicke, ach, mich drein
in Pest, Denunzianten, Lagereinweisung –
doch wenn's nur nicht gelogen, daß Lazarus
erlöst ward – dann werd ich selber erlöst.
Um so schneller komme ich, weißt du, zum Sessel.

10

Aber Eile ist dumm und auch sündig, Vale!
Denn wohin soll man so wohl eilen? Auch kann doch
kaum dem kräftigen Sessel der Untergang drohn.
Denn bei uns, im Osten, ist ein Möbel
für drei Generationen dienlich.
Ich schließe Feuer und Diebstahl aus.
Schlimmer, daß sie es zum Kram von andern
tun könnten beim Aufräumen. Für diesen Fall
bin ich sogar fähig, was einzukerben,
was Täuberich und Täubchen darstellt.

11

Mag jetzt kreisen, wie Bienenschwärme,
auf gewohnten Bahnen von Tischen und Stühlen
dein Sessel durchs nächtliche Eßzimmer.
Ein Siegel ist keine Schande, vielmehr Grund einer neuen
Astronomie, was – laß hier uns flüstern –
bestätigt wird durch Barras- und Knasterfahrung:
versiegelte Dinge sind die Quelle fester
Weltanschauung bei Lebend und Toten.
So daß ich nicht, wie in ähnliche Gesichter,
auf die Gleichheit des Sessels mit Ulysses' Heimweh schau.

12

Ich bin kein Reliquiensammler. Denk daran, wenn
diese Rede lang über den Sessel geht,
daß dies nur Anlaß, auf andere Sphären zu kommen.
Denn von jedem großen Glauben
bleiben gewöhnlich nur Reliquien.
So ermiß die Kraft meiner Liebe, wenn ich die
Dinge, die du jetzt berührtest,
verwandle – zu deinen Lebzeiten – in Heiligtümer.
Schau: es beweisen solche Gebräuche
nicht die Größe des Sängers, sondern seines Reiches.

13

Der russische Adler, ohne Krone
gemahnt jetzt an eine Krähe.
Sein eben noch stolzer Schrei ist
nunmehr verwandelt in schnarrendes Krächzen.
Das ist – das Alter der Adler. Oder Stimme der Gier
verwandelt zur Folge, zum Echo von Macht.
Auch das Liebeslied ist nicht viel leiser.
Liebe ist ein imperiales Gefühl. Du aber
bist so, daß Rußland, zu eigenem Vorteil,
mit dir auf andere Weise nicht sprechen kann.

14

Der Sessel steht und atmet die warme
Luft der Diele. In den Ständer fällt Tropfen
auf Tropfen aus dem Kran. Bescheiden
tickt der Wecker unter der Lampe. Gleichmäßig
fällt das Licht auf leere Wände
und auf die Blumen am Fenster, deren Schatten
die Wohnung über den Rahmen hinaus dehnen wollen.
Und zusammen schafft alles ein Bild
davon jetzt – in der Ferne und nebenan –,
wie es vor uns war. Und wie es sein wird danach.

15

Gute Nacht dir, und auch mir – kein Wachen.
Gute Nacht meinem Land zwecks Begleichung
persönlicher Rechnungen mit mir wünsch du von da,
wo mittels Meilen oder einfach Wundern
du dich verwandelst in eine Postadresse.
Bäume rauschen vorm Fenster, und der Umriß
der Dächer stellt die Grenze dar der Tage...
In unbeweglichem Körper öffnet zuweilen
der Verstand in der Hand, wie im Ofen, den Wrasen,
und die Feder rast dir hinterdrein.

16

Sie erjagt dich nicht! ... Denn du gleichst einer Wolke.
Das heißt, ein Jungfrauenantlitz ist natürlich das Antlitz
der Seele für den Mann. Nicht wahr, Muse?
Darin ist der Grund und der Tod des Bundes.
Denn die Seelen sind körperlos. Nun wohl. Um so ferner
bist du mir. Sie erjagt dich nicht! ... Gib mir
zum Abschied die Hand. Und damit Dank.
Voll Pathos ist unser Abschied, denn wir
trennen uns auf ewig. Es verstummt die Zither.
Auf ewig – das ist kein Wort, sondern eine Ziffer,

deren Nullen, wenn über uns Gras gewachsen,
überdecken Epoche und Zeit mit Zinsen.

1967

Teil 5

Post aetatem nostram

Für Andrej Sergejew

1

»Ein Land für Narren ist das Kaiserreich.«
Aller Verkehr ist lahmgelegt aus Anlaß
der kaiserlichen Ankunft. Menschenmassen
bedrängen laut die Legionäre – Lieder,
Geschrei. Der Palankin bleibt dicht verhangen.
Der Liebe Objekt meidet alle Neugier.

Im leeren Straßencafé hinter dem
Palast, da spielt ein griechischer Vagant
mit einem unrasierten Invaliden
seit Stunden Domino. Auf weißen Tischen
Reflexe der besonnten Straße. Echo
des Jubels friedlich bläht die Stores. Der Grieche,
geschlagen, seine Drachmen zählt; der Sieger
bestellt ein hartgekochtes Ei mit Salz.

In einem hohen Schlafgemach erzählt
ein alter Pächter der viel jüngeren Hetäre,
daß er den Kaiser sah. Doch die Hetäre
glaubt ihm das nicht und lacht ihn aus –
Präludium zu ihren Liebesspielen.

2 Der Palast

Der Satyr und die Nymphe, marmorn beide,
schaun in die Tiefe des Bassins, wo auf
der Oberfläche Rosenblätter schwimmen.

Der Statthalter, mit bloßen Füßen, schlägt dem
Provinzkönig höchstselbst die Nase blutig
wegen der drei in Teig gebacknen Tauben

(sie flogen auf beim Anschnitt der Pastete
und klatschten auf die Tafel dann herab).
Die Feier ist ruiniert und die Karriere.

Der König windet auf dem feuchten Grund
sich schweigend unterm kräftgen, zähen Knie
des Statthalters. Der Wohlgeruch der Rosen
verhüllt die Mauern. Unbeteiligt starren
die Diener vor sich hin, wie Statuen.
Der glatte Stein zeigt keinerlei Reflex.

Im schwanken Licht des Nordmonds, hingekauert
an den Kamin der Küche des Palasts,
im Arm die Katze, sichtet der Vagant
zwei Sklaven, die zur Tür hinaus den Leichnam
des Kochs, in grobes Tuch gewickelt, tragen
und langsam sich zum Fluß hinab begeben.
Der Schotter knirscht.
Der Grieche auf dem Dach
hält seiner Katze fest den Rachen zu.

3
Ein vom geliebten Knaben jäh verlassner
Barbier starrt stumm sein Bild im Spiegel an –
vor lauter Sehnsucht hat er ganz vergessen
den eingeseiften Kopf des einzgen Kunden.
»Wahrscheinlich kommt der Knabe nicht mehr wieder.«
Der Kunde döst indessen friedlich vor
sich hin und träumt die Griechenträume:
mit Göttern, Leierspielern und mit Kämpfen
in den Gymnasien, wo Schweißgeruch
die Nasenlöcher beißt.
Ein fetter Brummer
hebt von der Wand ab, kreist und setzt sich auf
des Schläfers eingeseifte weiße Wange,
versinkt im Schaum, wie die bedauernswerten

Peltasten Xenophons im tiefen Schnee
Armeniens, kriecht langsam über Klüfte
und Zacken, über Abgründe hinweg
nach oben und, den Schlund des Munds umgehend,
erklettert mühsam er die Nasenspitze.

Der Grieche schlägt sein schrecklich schwarzes Auge
auf, und der Brummer, angstvoll surrend, flieht.

4
Nach feuchten Festen eine trockne Nacht.
Die Fahne dort am Tor – ein Pferd, das mit
den Lippen Luft zerkaut. Das Labyrinth
der öden Straßen ist erfüllt von Mondlicht:
das Ungeheuer liegt in tiefem Schlaf.

Je ferner der Palast, je weniger
Skulpturen, Teiche. Stuck wird rar an den
Fassaden. Jede Tür, die zum Balkon
sich öffnet, ist verschlossen. Sichtlich schützen
auch hier die nächtge Ruhe nur die Mauern.
Der Klang der eignen Schritte ist bedrohlich
und gleichzeitig sehr hilflos. Fischgestank
durchdringt mit einemmal die Luft: es enden
die Häuser hier.
Der Weg des Mondes aber
fließt weiter. Katzengleich streicht eine schwarze
Feluke drüberhin, geht wieder auf
im Dunkel – als ein Zeichen, daß, im Grunde,
es sich nicht lohnt, hier weiter vorzudringen.

5
In einer an den Bretterzäunen in
den Straßen angeschlagnen »Botschaft an
die Herrschenden« verlangt ein wohlbekannter
lokaler Verseschmied, wild kochend vor

Empörung, kühn: den Kaiser zu entfernen
(im nächsten Vers) von allem Kupfergeld.

Die Menge ist in heftiger Erregung.
Ergraute Greise, junge Burschen, Männer
im besten Alter, lesekundige
Hetären – alle sind sich darin einig:
»so etwas habe es noch nie gegeben« –
wobei ganz offen bleibt, was dies »so etwas«
denn meint:
                    Mut oder Speichelleckerei.

Es zeichnet Poesie sich eben aus
durchs Fehlen einer klar bestimmten Grenze.

Ein unwahrscheinlich blauer Horizont.
Die Brandung rauscht. Ein nackter Mann, sich räkelnd
auf trocknem, heißem Stein wie Eidechsen
im März, knackt Mandeln, die er irgendwo
gestohlen. Weiter weg zwei Sklaven, die,
gekettet aneinander, offenbar
zu baden vorhaben und unter Lachen
sich gegenseitig aus den Lumpen helfen.
Ein unwahrscheinlich heißer Tag.
                                        Der Grieche
läßt sich herab vom Felsen gleiten; seine
verdrehten Augen – wie zwei Silberdrachmen,
das Bild der neuen Dioskuren zeigend.

6
Ja, die Akustik hier ist fabelhaft!
Umsonst hat der Erbauer nicht auf Lemnos
die Läuse siebzehn Jahre lang ernährt.

Es herrscht das schönste Wetter. Und die Menge,
in Stadionform gegossen, ist erstarrt

und lauscht mit angehaltnem Atem den
Beschimpfungen, mit denen die zwei Kämpfer
einander auf dem Kampfplatz überschütten,
um dann, vom Streit erhitzt, das Schwert zu ziehn.

Das Ziel des Wettkampfs ist nicht simples Töten,
vielmehr ein logischer wie auch gerechter Tod.
Sport übernimmt Gesetze des Theaters.

Ja, glänzende Akustik hier! Nur Männer
auf den Tribünen. Sonnenlicht vergoldet
die beiden Löwen an der Königsloge.
Das Stadion – ein einzges großes Ohr.

»Du Abschaum!« »Selber Abschaum!« »Aas und Abschaum!«
Hier lacht der Statthalter, der ein Gesicht
hat wie ein eiternder Furunkel, laut.

7 Der Turm
Ein kühler Mittag.
Des Stadtturms hochgereckte Eisenspitze,
die sich in Wolken irgendwo verliert,
hat vielerlei Funktionen: Blitzableiter,
auch Leuchtturm, Fahnenmast, an dem
die Landesfahne aufgezogen wird.
Das Innere des Turms birgt ein Gefängnis.

Man hat einmal errechnet, daß gewöhnlich –
in Satrapien, unter Pharaonen,
bei Muselmanen wie zur Zeit der Christen –
gut sechs Prozent des Volks gefangensaßen
beziehungsweise hingerichtet wurden.
Vor hundert Jahren hatte daher ein
Urahn des derzeitigen Kaisers eine
Justizreform erdacht. Den schlimmen Brauch
der Todesstrafe endend, kürzte er

durch ein Spezialgesetz die sechs Prozent
auf zwei, die dann natürlich lebenslänglich
zu sitzen hatten. Ganz egal, ob einer ein
Verbrechen faktisch nun begangen oder
ob unschuldig er war – es wirkte das
Gesetz nach Art und Weise einer Steuer.
Zu jener Zeit ward dieser Turm errichtet.

Das Funkeln, blendend, von verchromtem Stahl.
Und in der zweiundvierzigsten Etage
des Turmes steckt ein Schäfer seinen Kopf
durchs Bullauge, schickt ein Willkommenslächeln
hinunter dem Besuch – dem Schäferhund.

8
Der Brunnen, einen springenden Delphin
im offnen Meer darstellend, ist vertrocknet.
Wie sehr begreiflich: Marmorfische sind
ja schließlich nicht auf Wasser angewiesen,
wie dieses nicht auf solche Marmorfische.

So lautet das Verdikt des Schiedsgerichts –
ein typisches Verdikt, weil völlig trocken.

Auf der Paradetreppe unterhalb
der weißen Kolonnade des Palasts
erwarten ein paar dunkelhäutge Feldherrn
in bunten, krausen Kitteln ihren König –
wie ein auf einen Tisch geworfner Strauß
die frisch mit Wasser angefüllte Vase.

Der König kommt. Die Feldherrn stehen auf
und schütteln ihre Lanzen. Lächeln, Küsse,
Umarmungen. Der König ist verlegen;
doch zeigt sich hier der Vorteil dunkler Haut:
auf ihr sind blaue Flecken kaum zu sehen.

Der griechische Vagant winkt einem Jungen.
»Worüber schwatzen sie?« »Wer, die da?« »Ja.«
»Sie danken ihm.« »Wofür denn?« Und der Junge
hebt seine klaren Augen: »Für das neue
Gesetz, gerichtet gegen alle Armen.«

9 Der Raubtierkäfig

Das schwere Gitter, das den Löwen trennt
vom Publikum, reproduziert in guß-
eiserner Abwandlung das Dschungeldickicht.

Moos. Tautropfen, metallisch glänzend. Eine
Liane, einen Lotusbaum umschlingend.

Hier äfft Natur man nach mit jener Liebe,
zu der allein der Mensch imstande ist,
der einen Unterschied macht, wo er sich
verirrt: im wilden Urwald oder in
der Wüste.

10 Der Kaiser

Der breitgebaute Legionär in Harnisch,
der Wache bei der weißen Türe hält,
aus der es laut vernehmlich rauscht, schaut nach
durchs Fenster den vorübergehnden Frauen.
Da er seit einer ganzen Stunde hier
schon steht, kommt ihm allmählich es so vor,
als ob nicht immer neue Schöne unten
vorübergingen, sondern stets dieselbe.

Der große goldene Buchstabe M,
die Türe zierend, ist verschwindend klein,
verglichen mit dem M, das riesig und
hochrot vor Anstrengung, hinter der Tür
sitzt und, den Kopf nach unten, aufmerksam

sein Abbild in dem fließenden Gewässer
in allen Einzelheiten inspiziert.

Letztendlich ist solch fließendes Gewässer
nicht schlechter als die Künstler, die das Reich
mit diesem Abbild überflutet haben.

Das helle Wasser rauscht. Darüber hängt
ein umgedrehter riesiger Vesuv,
die Eruption geht nur sehr langsam vor sich.

Wie überhaupt jetzt alles mühsam geht.
Das Kaiserreich gleicht einem Dreirudrer
in einem Fluß, der für das Schiff zu eng ist.
Die Ruder schlagen auf das trockne Land,
und Steine reißen fast den Schiffsbauch auf.
Doch stecken wir nicht völlig fest, das nicht!
Das Schiff bewegt sich, ja, es kommt voran.
Wir schwimmen immerhin. Und niemand kann
uns überholen. Aber, ach, wie wenig
gleicht dies der früheren Geschwindigkeit!
Wie soll man da nicht seufzen um die Zeiten,
als alles ging noch so viel leichter.
Leichter.

11

Ein Öllämpchen verlischt, der Docht qualmt nun
im dunklen Raum. Ein dünner Faden Rauch
steigt auf zur Decke, deren weiße Farbe
in dieser schwarzen Finsternis sofort
mit jeder Form von Licht zufrieden wäre.
Sogar mit Ruß.
Die ganze Nacht tobt draußen
ein asiatisch schwerer Regen im
verunkrauteten Garten. Der Verstand
jedoch bleibt trocken. So sehr trocken, daß,

ergriffe ihn die kalte, bleiche Flamme
der Liebe, er noch schneller Feuer finge
als dürres Reisig, als ein Blatt Papier.

Die Decke aber sieht dies Blitzen nicht.

Nicht Ruß noch Asche hinterlassend, tritt
ein Mann hinaus in das tropfnasse Dunkel
und schlendert auf die Gartenpforte zu.
Die Silberstimme eines Ziegenmelkers
befiehlt ihm umzukehren.
                                        Trotz des Regens
geht er gehorsam wieder in die Küche,
nimmt ab den Gürtel, schüttet auf den Tisch,
was von den Drachmen ihm noch übrigblieb.
Dann geht er fort.
Der Vogel schweigt.

12
Nachdem er sich entschlossen hatte, über
die Grenze dieses Reichs zu gehen, suchte
der Grieche einen großen Sack sich, fing
am Markt zwölf Katzen (kohlpechrabenschwarz)
und kam mit dieser kratzenden und heftig
miaunden Last des Nachts bis an den Grenzwald.

Der Mond schien, wie seit Ewigkeiten er
im Juli scheint. Das sehnsuchtsvolle Bellen
der Wachhunde erfüllte, wie gehabt,
die ganze Schlucht. Die Katzen hörten auf,
im Sack zu randalieren, wurden still.
Der Grieche leise sprach: »Glück, steh mir bei.

Verlaß mich nicht, Athene. Geh du mir
voran.« Und für sich selber setzte er
hinzu: »An dieses Stück der Grenze geb

ich nur sechs Katzen. Und nicht eine mehr.«
Denn Hunde traun sich nicht ins Kieferndickicht.
Und die Soldaten – die sind abergläubisch.

Es ging nach Wunsch. Der ganze Mechanismus –
Mond, Aberglaube, Hunde, Katzen, Kiefern –
lief wie geschmiert. Und er erklomm den Gipfel.
In diesem Augenblick jedoch, als schon
mit einem Bein im andern Land er stand,
entdeckte er, was er soeben aufgab:

er wandte sich zurück und sah das Meer.

Es lag weit unter ihm. Nun ist der Mensch
im Unterschied zu Tieren durchaus fähig,
das zu verlassen, was er liebt (um sich
den Unterschied zu Tieren zu beweisen).
Doch wie der Hundespeichel, so verraten
die Tränen seine tierische Natur:

»O Thalatta! ...«
In dieser schnöden Welt
darf aber man nicht lang im Mondlicht
auf einem Gipfel stehn, wenn man Zielscheibe
nicht werden will. Er schulterte den Sack,
begann vorsichtig abzusteigen in die Tiefen
des Kontinents; und ihm zum Gruß erhoben

sich Tannenwipfel, nicht das offne Meer.

1970

Nature morte

»Verrà la morte e avrà i tuoi occhi.« Cesare Pavese

1
Dinge und Menschen sind
um uns. Diese wie
jene quälen das Auge.
Besser im Dunkeln leben.

Ich sitze auf einer Parkbank,
seh einer Familie
nach, die vorbeigeht.
Mir ist das Licht zuviel.

Es ist Januar. Winter.
Entsprechend dem Kalender.
Wenn mir das Dunkel zuviel
wird, werde ich reden.

2
Jetzt. Ich werde beginnen,
egal, womit. Den Mund
aufmachen. Ich kann schweigen.
Doch lieber rede ich.

Wovon? Von Tagen, Nächten.
Oder aber – von nichts.
Oder aber von Dingen.
Von Dingen und nicht von

Menschen. Die sterben nämlich.
Alle. Ich sterbe auch.
Es wäre fruchtloses Mühen.
Wie in den Wind schreiben.

3
Mein Blut ist kalt. Grimmiger
kalt als ein bis auf den
Grund gefrorener Strom.
Ich mag die Menschen nicht.

Ihr Äußeres liegt mir nicht.
Die Gesichter propfen dem
Leben so einen Ausdruck von
Unaufgebbarkeit auf.

Etwas in ihren Gesichtern
ist dem Verstand zuwider.
Etwas wie Kriecherei,
unklar jedoch, vor wem.

4
Dinge sind angenehmer. Nicht
gut noch böse von außen.
Und dringt man in sie ein –
inwendig Eingeweide.

Im Innern der Dinge ist Staub.
Staub der Ahnen. Holzwurm.
Dünnes Gehäuse. Fragmente von
Faltern. Der Hand unangenehm.

Staub. Und das angeschaltete
Licht beleuchtet nur Staub.
Selbst wenn der Gegenstand
hermetisch verschlossen war.

5
Dieses alte Büfett –
in- wie auswendig
erinnert es mich an
Notre-Dame de Paris.

Seine Tiefen füllt Dunkel.
Epitrachelion, Besen
wischen den Staub nicht fort. Selbst
müht das Ding in der Regel sich

nicht, den Staub zu bekämpfen,
spannt nicht die Braue.
Denn Staub ist der Leib der
Zeit; ihr Leib und ihr Blut.

6
Letzthin schlafe ich oft
mitten am hellichten Tag.
Offenbar will mein Tod
mich auf die Probe stellen,

hält mir, der ich noch atme, den
Spiegel vor den Mund –
wie ich bei Tageslicht
wohl das Nichtsein ertrage.

Reglos liege ich da.
Beide Lenden wie Eis.
Und das ädrige Blau
gibt sich für Marmor aus.

7
Uns überraschend mit
der Summe ihrer Winkel,
fallen die Dinge aus
unserer Wortwelt hinaus.

Dinge bewegen sich nicht. Noch
stehen sie. Das ist Einbildung.
Jedes Ding ist ein Raum,
außerhalb dessen kein Ding ist.

Ein Ding fällt hin, wird verbrannt,
ausgeweidet, zerbrochen.
Weggeworfen. Nie jedoch
schreit es: »Ihr alle könnt mich mal...!«

8
Ein Baum. Sein Schatten. Erde.
Unter dem Baum verschlungene
Monogramme der Wurzeln.
Lehm. Ein steiniger Streifen.

Wurzeln. Ihre Verflechtung.
Steine, deren Masse
sie befreit von den Zwängen
des gegebnen Systems.

Dieser Stein liegt fest. Läßt sich
weder verrücken noch tragen.
Schatten. Der Mensch im Schatten
gleicht einem Fisch im Netz.

9
Ein Ding. Sein brauner Ton.
Sein verschwommener Umriß.
Dämmerung. Nichts ist
mehr da. Nature morte.

Kommt der Tod, so findet
er einen Leib, dessen Friede
still sein Erscheinen spiegelt,
als wär es das einer Frau.

Sense, Schädel, Skelett –
sinnloses Lügengefasel.
Vielmehr: »Der Tod wird kommen
und deine Augen haben.«

10

Die Mutter spricht zu Christus:
»Bist du mein Sohn oder mein
Gott? Du bist gekreuzigt.
Wie finde ich nun heim?

Wie tret ich auf die Schwelle,
voll Ungewißheit, bebend:
bist du mein Sohn oder Gott?
Das heißt, tot oder lebend?«

Und er entgegnet ihr:
»Tot oder lebend sein,
Weib, ist kein Unterschied.
Sohn oder Gott, ich bin dein.«

1971

Skizze

Lakaienzittern, Knechtsgelächter.
Der Henker wetzt sein langes Messer.
Der Herr verschlingt Kapauncroutons.
Es funkelt hell der Wintermond.

Dies Bild des Vaterlands – ein Stahlstich.
Die Närrin knutscht mit dem Soldat sich.
Die Alte kratzt sich unterm Rock.
Dies Vaterlandsbild – ein Lubok.

Böiger Wind und Hundsgekläffe.
Boris gibt Gleb eins in die Fresse.
Die Paare drehn sich auf dem Ball.
Im Flur – der reinste Schweinestall.

Der Mond, er funkelt, quält den Sehsinn.
Die Wolke unter ihm – ein Kleinhirn ...
Der Künstler, dieser Parasit,
er wähl ein anderes Motiv.

1972

Einem Tyrannen

Er war hier oft. Noch nicht in Breeches,
betucht noch nicht, verhalten und gebückt.
Durch Abtransport der Gäste des Cafés
macht' er die Weltkultur dann fertig,
womit er Rache nahm (an ihnen nicht,
doch an der Zeit) für seine Armut, seine Niedrigkeit,
für üblen Kaffee, Langeweile, Niederlagen,
die er beim Einundzwanzig oft erlitt.

Die Zeit – sie schluckte diese Rache.
Jetzt ist hier viel Betrieb, Gelächter viel,
Musik von Platten; unwillkürlich aber, eh man
sich niederläßt am Tisch, sieht man sich um.
Und nichts ist echt: der Kunststoff überall, der Nickel,
der Kuchen schmeckt nach Natriumbromid.
So hin und wieder, spät noch, vom Theater
kommt er hierher, jedoch inkognito.

Wenn er den Raum betritt, erhebt sich alles,
die einen dienstlich, andere vor Glück.
Sein Wink leicht aus dem Handgelenk alsdann
schafft diesem Abend seine Stimmung wieder.
Er trinkt Kaffee – von bessrer Qualität als einst –
und beißt, im Sessel ruhend, in ein Hörnchen,
so schmackhaft, daß den Toten es ein »Oh!«
entlocken möcht, wenn sie erstünden.

Januar 1972

Lichtmeß

Als erstmals Maria ins Heiligtum trug
das Kind, waren drinnen von denjen'gen nur,
die ständig sich dort sonst befanden, der fromme
Mann Simeon, Hanna, die alte Prophetin.

Der Greis nahm den Säugling sanft auf seinen Arm;
sie standen zu dritt, hielten bebend umrahmt
die winzge Gestalt, standen da ganz verloren
im halbdunklen Tempelraum an jenem Morgen.

Der Tempel umschloß sie wie steinerner Wald.
Sein hohes Gewölbe, es schirmte sie ab –
Maria, den Alten sowie die Prophetin –,
verbarg sie den Blicken von Menschen und Himmel.

Ein einsamer Lichtstrahl umspielte das Haar
des schlafenden Kindes; jedoch dieses war
in allem noch unbewußt, schniefte nur leise
in Simeons Armen nach Kleinkinderweise.

Es war diesem Greise verkündet, daß er
den Tod würd nicht sehen, er hätte zuvor
den Christus des Herrn denn gesehn. So geschah es.
Und Simeon lobte und sprach: »Herr, nun lässest

du mich, deinen Diener, in Frieden hinfahrn,
wie du hast gesagt; denn mein Auge nun hat
gesehn deinen Heiland, dies Kind, das bereitet
du hast allen Völkern, ein Licht, zu erleuchten

die götzenanbetenden Heiden, zum Preis
dem Volk aber Israels.« Simeon leis
verstummte. Die Stille umfing sie da alle.
Das Echo der Worte nur streifte die Sparren

und kreiste noch einige Zeit hinterher
zu Häupten der drei, wie ein raschelndes Heer
von Vögeln im Tempelgewölbe, von Vögeln –
zum Landen zu schwach –, die nur fliegen noch können.

Und ihnen ward seltsam. Die Stille jetzt war
so seltsam wie Simeons Rede es war.
Verwirrt schwieg Maria. (»Was soll daraus werden ...?«)
Der Alte fuhr fort, zu Maria sich wendend:

»Sieh, dies dein Kind, das an der Brust dir liegt, ist
zum Fall und zum Auferstehn vieler gesetzt
in Israel; Anlaß zu Zwietracht und Zeichen,
das Widerspruch fordert. Man wird ihm die Seite

aufreißen mit eben der Waffe, die dir,
Maria, die Seele verwundet. Und wie
ein Auge, so wird diese Wunde erblicken
dich lassen, was tief in den Herzen der Menschen

verborgen.« Er endete, wandte zur Tür
sich. Hanna, gebeugt von der Jahre Last, und
Maria sahn nach ihm und schwiegen. Er ging, an
Bedeutung und Größe sich ständig verringernd –

so schien es im Schatten der Säulen den Fraun.
Schier vorwärts getrieben durch beider Geschau,
durchschritt er die leere, erkaltete Halle
zur Türöffnung, wo sich ein Sonnenfleck malte.

Zwar greisenhaft schlurfend, doch fest war sein Gang.
Nur als die Prophetinnenstimme erklang
von hinten, verhielt er kurz: ihm aber galten
die Rufe nicht – Hanna begann da Gottvater

zu loben und preisen. Die Tür rückte nah.
Der Wind streifte schon ihm die Stirn, das Gewand.

Es dröhnten Geräusche des Lebens ans Ohr ihm,
  Geräusche all dessen, was außerhalb vorging.

Er ging, um zu sterben. Und nicht ins Getös
der Straße trat er, als die Tür er aufstieß,
vielmehr in die taubstumme Herrschaft des Todes.
  Er schritt hin durch Räume ohn Dach oder Boden,

vernahm alle Töne verlieren die Zeit.
Das Bildnis des Kinds mit dem Glorienschein
ums flaumige Köpfchen den Saumpfad des Todes
  entlang vor sich her trug des Simeon Seele

als Licht in der pechschwarzen Finsternis, da
bis dahin noch keinem gelungen je war
den Pfad in die Todesnacht sich zu erleuchten.
  Das Licht aber schien, und der Pfad wurde breiter.

März 1972

Odysseus an Telemachos

Mein teurer Telemach,
der Krieg um Troja
ist nun vorbei. Ich weiß nicht mehr, wer siegte.
Die Griechen offenbar: so viele Tote
können nur Griechen fern der Heimat lassen.
Indes erwies der Weg, der mich nach Hause
doch führen sollte, sich als allzu lang,
als hätte Gott Poseidon, während wir
dort unsre Zeit verlorn, den Raum gedehnt.
Ich weiß auch nicht, wo ich mich hier befinde
noch was dies ist. Eine verdreckte Insel,
dichtes Gestrüpp, Gebäude, Schweinegrunzen,
ein zugewachsner Garten, irgendeine Fürstin,
Gestein und Gras ... Telemachos, mein Sohn!
Die Inseln sind sich alle gleich, wenn man
so lange unterwegs ist, und das Hirn
verwirrt sich mir bereits vom Wellenzählen,
das Auge, durch den Horizont gereizt, muß weinen,
das Wasserfleisch legt sich vor das Gehör.
Ich weiß nicht mehr, wie jener Krieg geendet,
und auch wie alt du jetzt bist, weiß ich nicht.

Werd groß, mein Telemach, werd groß und stark.
Ob wir uns wiedersehen, wissen nur
die Götter. Längst bist du nicht mehr der Säugling,
vor dem ich meine Ochsen zügelte.
Wär Palamedes nicht, wir wärn zusammen.
Doch tat er vielleicht recht: denn ohne mich
sind Ödips Leidenschaften dir erspart,
und deine Träume, Telemach, sind rein.

Februar–März 1972

Anhang

Zum Verhältnis von Vorlage und Übersetzungen

Dem Leser dieser Auswahl müssen mit Notwendigkeit Unterschiede zwischen den verdeutschten Texten auffallen. Da ist z. B. das sehr formvolle, in Rhythmus und Reim an die Diktion Rilkes erinnernde »Wir sahen damals abends dieses Roß ...« und die ganz anders wirkende »Große Elegie für John Donne«, reimlos und mit unüberhörbaren rhythmischen Brüchen; das rhythmisch durchgeformte Gedicht »Fast eine Elegie« und die rhythmischen Stauungen in den »Versen im April«; die wohlgeformten poetischen Perioden in »Dido und Äneas« und die prosaischen Schachtelsätze in der Versepistel »Adieu, Mademoiselle Veronika«; ganz zu schweigen von den fast schon irritierenden Unterschieden zwischen der nur dezent ironisierten erhabenen Diktion in »Odysseus an Telemachos« einerseits und der »verwildernden« Stilistik von »Aus der Schul-Anthologie: Albert Frolów« oder »Zwei Stunden in einem Behälter«.

In der Tat ist auch der poetische Stil der Originale ganz außergewöhnlich differenziert, ja geradezu widersprüchlich. Er ist nicht leicht auf eine Formel zu bringen. Der deutsche Leser meint zunächst, in vielen Gedichten Brodskijs den ihm so vertrauten naturlyrischen Ton wiederzufinden. Bei näherer Beschäftigung wird er sich dann zunehmend einer Irritation bewußt, die von diesen Texten ausgeht, einer Irritation, die aus den Spannungen und Kontrasten zwischen den Gedichten und innerhalb der Gedichte entsteht: durch ironische Brechung, durch geradezu mutwilliges Zerstören der Stimmung, Täuschen der Erwartung, durch scheinbares Aus-dem-Ton-Fallen. Gerade diese Irritation aber ist es, die den spezifischen ästhetischen Reiz der Gedichte Brodskijs ausmacht.

Dazu noch einige Bemerkungen, die allerdings keinerlei Anspruch auf Endgültigkeit erheben, vielmehr zunächst eher einseitig anmuten mögen – Bemerkungen aus der Perspektive des Übersetzers.

Brodskijs Sprache – die fast durchgehende Verwendung des Reims, die häufige Verwendung antiker Motive und die partielle Erlesenheit von Wortwahl und Diktion – baut Erwartungen beim Leser auf, die auf die großen lyrischen Traditionen der europäischen Vergangenheit verweisen, und zwar mehr auf die »rhetorischen« Traditionen von Renaissance, Barock und Klassizismus als auf die »stimmungslyrischen«, die seit der Empfindsamkeit unser Bild von der Lyrik geprägt haben.
Diesem deutlich archaisierenden Moment in Brodskijs Texten steht jedoch eine ebenso deutliche Tendenz zur Brechung und zur Destruktion gegenüber, zum Einsatz stilistischer, reimtechnischer und rhythmischer Querschläger, die ihn auch als Erben der traditionszertrümmernden Avantgarden unseres Jahrhunderts ausweisen.
So enthält seine Poesie eine mehrfache Provokation: Sie provoziert die konventionell-emotionale sowjetische Lyrik der offiziellen Monatszeitschriften *und* den Modernismus der bei uns gewohnten Poesie durch radikalen Archaismus; dieser selbe Archaismus macht aber gleichzeitig auch jene antitraditionalistischen, erwartungstäuschenden Querschläger, die zu spätavantgardistischer Routine verkümmert waren, zur voll wirksamen Provokation. Die strenge poetische Form, die sublime Diktion wird in ihrem Zufall demonstriert, in ihrer Brüchigkeit, in ihrer unwiederbringlich vergangenen Schönheit. Diese Sicht wird unterstützt durch zahlreiche Motive auf der Inhaltsebene – es genügt, hier auf die immer wieder beschworenen Bilder verfallender oder zerstörter großer Architektur (wie etwa im Titelgedicht), zerstörenden und verstörenden Wirkens der Natur (»Neue Stanzen an Augusta«) und vor allem auf das immer wiederkehrende Motiv der Trennung zu verweisen.
Diese Spannungen und Widersprüche hat keiner der drei Übersetzer nach einem einheitlichen Rezept verdeutscht. Jedes einzelne russische Gedicht hat seinen Übersetzer veranlaßt, einen jeweils anderen Kompromiß zwischen den Erfordernissen semantischer, syntaktischer, stilistischer, metrisch-rhythmischer und gelegentlich auch reimtechnischer Annäherung an das Ori-

ginal zu suchen. Die jeweils gefundenen Lösungen mögen unterschiedliche Leser unterschiedlich ansprechen. Sie alle stehen aber im Dienst einer bedeutenden, komplexen Poesie, die nicht den geschmäcklerischen Konsumenten, sondern den mitdenkenden und mit-kreativen Leser sucht.

Rolf Fieguth
Sylvia List

Anmerkungen

Die Auswahl der Gedichte für diesen Band ist weitgehend von Jossif Brodskij selber getroffen worden. Drei der vorgesehenen Gedichte lagen, wie sich dann zeigte, schon in Übertragungen von Karl Dedecius vor. Er hat sie uns freundlicherweise für dieses Buch überlassen.
Muster und zum Teil auch Vorlage der folgenden Anmerkungen sind die Fußnoten, die George L. Kline für die englische und amerikanische Ausgabe gemacht hat (Joseph Brodsky, Selected Poems. Translated with an Introduction by George L. Kline. With a Foreword by W. H. Auden. Penguin Books, Middlesex/England 1973, und Harper & Row, New York 1973). Ich möchte Prof. Kline an dieser Stelle danken für seine persönliche Unterstützung und für die unschätzbare Hilfe, die seine Übertragungen für unsere Arbeit bedeutet haben.

S. L.

Weihnachtsromanze

Alexanderpark: In unmittelbarer Nähe des Moskauer Kreml gelegen, an seinen Außenmauern erheblich unter dem Niveau der angrenzenden Straße, so daß die Parklaternen – die entfernte Ähnlichkeit mit Schiffslaternen haben –, obwohl zu Häupten der Spaziergänger im Park, zu Füßen der Passanten außerhalb der Mauer zu sein scheinen.
Ordynka: Anna Achmotowa wohnte bei einigen längeren Moskauaufenthalten in der Ordynka-Straße; Brodskij besuchte sie dort. Die Ordynka ist bekannt für ihre vielen alten Villen.

»Wir sahen damals abends dieses Roß ...«

Das Motto ist von Brodskij und wurde für dieses Gedicht geschrieben.

Neue Stanzen an Augusta

Brodskij schrieb dieses Gedicht im Gebiet von Archangelsk, im ersten Jahr seiner Verbannung. Der Titel spielt an auf Byrons »Stanzas to Augusta« (die Pasternak ins Russische übertragen hatte): In beiden Gedichten wendet sich der verbannte Dichter an eine geliebte Frau, die er zurücklassen mußte – Byron an seine Schwester, Brodskij an M. B., der das Gedicht gewidmet ist.

Anno Domini

Und ich, ein Dichter, der das Licht erblickte,/ als reitend überquert' es den Äquator: Brodskijs Geburtstag ist am 24. Mai.
Cynthia: eig. Kynthia (abgeleitet vom delischen Berg Kynthos), ein Name der Artemis, steht hier für M. B. Der Name Cynthia taucht auch bei den von Brodskij hoch geschätzten »metaphysical poets« auf, vgl. insbesondere die »Cynthiades or Amorous Sonnets« von Sir Francis Kynaston (1642).

Strophen
Die in »Ostanovka v pustyne« gedruckte Fassung hat elf Strophen. Die Originalstrophen 7 und 9 wurden von Brodskij 1972 gestrichen. Die Übersetzung entspricht der gekürzten Fassung.

Dido und Äneas
Der ursprüngliche Titel »Äneas und Dido« wurde von Brodskij in den letzten Jahren geändert.

Postskriptum
Der Titel des ursprünglich »Sonett« benannten Gedichts wurde von George L. Kline mit Zustimmung Brodskijs für die englische Ausgabe gewählt.

1. Januar 1965
Von Brodskij oft als sein »Weihnachtsgedicht« bezeichnet: in der Sowjetunion beschenkt man sich gewöhnlich zu Neujahr (im russisch-orthodoxen Kalender fällt Weihnachten auf den 6. Januar).

Fast eine Elegie
Börsenkolonnaden: Die frühere Börse – von den Leningradern noch immer so genannt – beherbergt jetzt das Zentralmuseum für Seegeschichte.
läßt mein Ohr den Regen/ nun dringen an den schlafgetrübten Sinn: Anspielung auf den berühmten Vers Dershawins »čego v moj dremluščij togda ne vchodit um? (was kommt mir in den schläfrigen Sinn?), den Puschkin seinem Gedicht »Osen'« (Herbst) als Motto voranstellte.

Verse im April
Fontanka: nach der Newa der zweitgrößte Wasserlauf, der sich durch Leningrad zieht. Im April meistens noch zugefroren.
ob ohne Ende schon ist unser Mißvergnügen: Vgl. die einleitenden Verse von Shakespeares »Richard III.«: »Nun ward der Winter unsers Mißvergnügens/ Glorreicher Sommer durch die Sonne Yorks.«

Das Ende einer schönen Epoche
Lobatschewskij wird hier zwar nicht ernsthaft beachtet: Nikolaj Iwanowitsch Lobatschewskij (1793–1856), russischer Mathematiker, Professor in Kasan, versuchte unabhängig von Gauß und Bolyai die nichteuklidische Geometrie als eine der euklidischen gleichberechtigte aufzubauen.
Die helläugigen Tschuden sehn über den Tod nicht hinaus: Tschudj ist der altrussische Name für die Esten und einige andere westfinnische Stämme.
Rjurik: Warägerfürst (schwedischer Normanne), nach der Nestorchronik von den Slawen in Zeiten innerer Wirren zu Hilfe geholt, Begründer des ersten russischen Staatswesens 862 in Nowgorod, Stammvater des Herrschergeschlechts der Rjurikiden, das 1598 erlosch.

Einem alten Architekten in Rom

Der Titel und die Zitate in Strophe 13 sind deutsch im Original. Der Titel ist Wallace Stevens' Gedicht »To an Old Philosopher in Rome« nachgebildet. Stevens' Gedicht über die Würde eines Mannes im Angesicht des Todes ist einem »alten Philosophen« (George Santayana) gewidmet; Brodskij widmet sein Gedicht über die Zerstörung einer Stadt nicht ohne Ironie einem »alten Architekten«. Als Brodskij 1962 Königsberg besuchte, fand er die Stadt – siebzehn Jahre nach Kriegsende – noch immer weitgehend zerstört und kaum wiederaufgebaut.

(5) *Suworows schlichte Büste:* Graf (später Fürst) Alexander Wassiljewitsch Suworow (1730–1800), Feldherr unter Katharina der Großen und Paul I., erfolgreich u. a. gegen die Türken, die Polen, Pugatschew, zuletzt gegen die Franzosen in Oberitalien. – Ende der vierziger Jahre setzten die Sowjets ein kleines Suworow-Standbild auf einen großen Sockel vor dem Königsberger Schloß, auf dem früher ein Denkmal Friedrichs I. von Preußen gestanden hatte.

Verse auf den Tod T. S. Eliots

T(homas) S(tearns) Eliot starb am 4. Januar 1965. Brodskij war zu der Zeit in nordrussischer Verbannung und erfuhr erst eine Woche später davon. Er schrieb dieses Gedicht – nach dem Vorbild von W. H. Audens »In Memory of W. B. Yeats (d. Jan. 1939)« – binnen vierundzwanzig Stunden, nachdem er die Nachricht erhalten hatte.

(1) *Als Katholik hielt er bis Weihnacht aus:* Eliot war Anglikaner (Anglican Catholic); Brodskij bezeichnet ihn vereinfachend als Katholiken.

(3) *Erinnern wird dich jeder Halm/ wie's Horatius Flaccus wollt:* Brodskij bezieht sich auf Horaz' Ode »Exegi monumentum aere perennius« (Buch 3, XXX), deren Anfangsworte wiederum Puschkin seinem Gedicht »Ja pamjatnik vozdvig sebe nerukotvornyj« (Ich habe mir ein nicht von Händen gemachtes Denkmal errichtet) vorangestellt hat. Bei Puschkin, nicht bei Horaz, findet sich die Vorstellung, daß die Grashalme die Erinnerung an den Dichter bewahren werden: »k nemu ne zarastet narodnaja tropa« (zu ihm – d. h. zum Denkmal – wird der Pfad des Volkes nie zuwachsen).

An eine Dichterin

jener mystsche Syrakuser: gemeint ist Diogenes von Sinope († Korinth 323 v. Chr.), der bekannteste Vertreter des Kynismus, der Lehre von der Bedürfnislosigkeit (»Diogenes in der Tonne«).

Zwei Stunden in einem Behälter

Das Original ist in einer Mischung aus Russisch und gebrochenem Deutsch (wie es etwa die sowjetischen Soldaten in Deutschland radebrechten) mit gelegentlichen jiddischen Einsprengseln geschrieben, wobei die kyrillische Tran-

skription der deutschen Wörter noch eine zusätzliche Verfremdung bewirkt. Die Übersetzung versucht, durch Nachahmung der typischen Art und Weise, wie Russen Deutsch sprechen und aussprechen (Weglassen der Artikel, *Chch*aos u. ä.) einen ähnlichen Effekt zu erreichen.
Mir ist fad, Teufel: Erste Zeile von Puschkins Gedicht »Scena iz Fausta« (Eine Faust-Szene).
(4) *Und Thomas Mann vergrault' sich seine Leser:* durch seinen »Doktor Faustus« – ein so schwaches und enttäuschendes Werk (nach Brodskijs Meinung), daß sich viele Leser von der Subskriptionsliste (der russischen Übersetzung) streichen ließen.
(4) *und cher Gounod vergrätzte seine Sängerin:* Die Künstlerin, die die Margarethe singen sollte, war mit der Rolle nicht zufrieden.
(5) *Der Schmeichler sich im Herzen eine Ecke/ erteufelt:* Abwandlung eines Verses aus Krylows Fabel »Der Rabe und der Fuchs«: »I v serdce lstec vsegda otyščet ugolok« (Und der Schmeichler findet immer einen Winkel im Herzen).

Aus der Schul-Anthologie: Albert Frolów

Die Schul-Anthologie ist Brodskijs Klassenkameraden in der Grundschule gewidmet. Der Zyklus soll einmal vierzig Gedichte umfassen. Etwa die Hälfte davon ist abgeschlossen; fünf Gedichte sind bisher – auf russisch – publiziert.
im Kampf für Finnlands Unabhängigkeit: ironische Anspielung auf die offizielle sowjetische Darstellung, daß die Invasion Finnlands 1939/40 ein Akt der »Befreiung« gewesen sei.
Tbilisso: georg., »O Tiflis!«
Der »Mensch mit dem/ Etui«: russ. »čelovek s futljarom«, Anspielung auf Tschechows Erzählung »Čelovek v futljare« (Der Mensch im Futteral).

Haltestelle in der Wüste

Mitte der sechziger Jahre wurde nicht weit von Brodskijs damaliger Wohnung eine griechisch-orthodoxe Kirche abgerissen und an ihrer Stelle ein riesiger Stahl- und Glasbau, die »Oktober«-Konzerthalle, errichtet.
ein Volk zu taufen,/ das Kreuz zu tragen: russ. »naciju krestit', krest nesti«. Das Wortspiel läßt sich in der Übersetzung nicht nachvollziehen.

Adieu, Mademoiselle Veronika

Und in zwanzig Jahren such ich den Sessel: Die klangliche Nähe von »kreslo« (Sessel) und »krest« (Kreuz) läßt sich im Deutschen nicht wiedergeben.
(8) *wie der Gardasee still:* Der Gardasee ist bekannt für die heftigen Stürme, die aus heiterem Himmel auf ihm ausbrechen können. Brodskijs Formulierung »La Gardy tiše« klingt an das russische Sprichwort an »Tiše vody, niže travy« (Stiller als Wasser, niedriger als Gras).
(8) *So daß der Gedanke des lahmen Sängers:* Brodskij bezieht sich auf das

zweite Maria-Magdalena-Gedicht aus Pasternaks »Doktor Schiwago«-Zyklus. Pasternak zog ein Bein etwas nach (was er zu verbergen suchte) – daher die Bezeichnung »lahmer Sänger«.
(12) *Denn von jedem großen Glauben/ bleiben gewöhnlich nur Reliquien:* Das russische Wort für Reliquien, »mošči«, ist etymologisch verwandt mit »mošč'« (Macht, Kraft, Stärke).

Post aetatem nostram

(5) *ein wohlbekannter/ lokaler Verseschmied:* Das russische Wort »kifared« (von griech. »kitharodos«, Sänger zur Leier) ist ein rhetorischer Terminus für »Dichter«. Brodskij spielt an auf ein Gedicht Andrej Wosnessenskijs, dessen erste beide Zeilen lauten: »Ubirajte Lenina/ s deneg« (Entfernt Lenin/ vom Geld – d. h. von den Rubelscheinen).
(5) *das Bild der neuen Dioskuren zeigend:* Die Dioskuren Castor und Pollux waren in der griechischen Mythologie das Sinnbild unauflöslicher Freundschaft. Sie wurden auf den Münzen dargestellt. Im klassischen Griechenland galt es als Frevel, Herrscher auf den Münzen abzubilden; geduldet waren nur Darstellungen von Göttern, göttlichen Symbolen und Gestalten der Mythologie. (Anm. d. Verf.)
(6) *Ja, die Akustik hier ist fabelhaft:* In der Umgangssprache ist die Wendung »prekrasnaja akustika« (ausgezeichnete Akustik) eine Äußerung des Beifalls für ungehemmt kräftige Ausdrucksweise.
(6) *Umsonst hat der Erbauer nicht auf Lemnos/ die Läuse siebzehn Jahre lang ernährt:* Die ägäische Insel Lemnos diente und dient noch als Ort der Verbannung. (Anm. d. Verf.)
(10) *ein umgedrehter riesiger Vesuv:* im Russischen »Verzuvij« (anstatt »Vezuvij«) im Anklang an das Altslawische »verzati« (den Darm entleeren).

Skizze

Lubok: Lindenholztafel zum Holzschnittdruck und mit diesem Verfahren hergestelltes volkstümlich-naives Bild.
Boris gibt Gleb eins in die Fresse: Boris und Gleb, die ersten russischen Heiligen. Söhne des Kiewer Fürsten Wladimir des Heiligen, im Kampf um die Thronfolge von ihrem Bruder Swjatopolk ermordet (1015).

Lichtmeß

Dem Gedicht liegt der Bericht in Lukas 2, 22–40, zugrunde, den Brodskij als den Übergang vom Alten zum Neuen Testament ansieht.

Inhalt

Lyrik bei Piper

Ingeborg Bachmann
Anrufung des Großen Bären
Gedichte. 9. Aufl., 39. Tsd. 1985. 79 Seiten.
Serie Piper 307

Ingeborg Bachmann
Die gestundete Zeit
Gedichte. 10. Aufl., 41. Tsd. 1985. 63 Seiten.
Serie Piper 306

Ingeborg Bachmann
Liebe: Dunkler Erdteil
Gedichte aus den Jahren 1942–1967.
2. Aufl., 12. Tsd. 1985. 61 Seiten.
Serie Piper 330

Jossif Brodskij
Einem alten Architekten in Rom
Gedichte. Aus dem Russischen von Karl Dedecius, Rolf Fieguth und Sylvia List. 1986. 122 Seiten. Serie Piper 506

Diether Dehm
Unschuld kommt nie zurück
Lieder und Gedichte. Mit einem Vorwort von Peter Maffey.
1987. 128 Seiten. Serie Piper 751

Uwe Dick
Theriak
13 Fügungen. Mit einem Essay von Eva Hesse.
1986. 172 Seiten. Serie Piper 564

Hilde Domin
Ich will Dich
Gedichte. 5. Aufl., 12. Tsd. 1985. 47 Seiten. Geb.

Lyrik bei Piper

Ludwig Fels
Der Anfang der Vergangenheit
Gedichte. 1984. 118 Seiten. Geb.

Gert Heidenreich
Eisenväter
Gedichte. 1987. 117 Seiten. Geb.

Georg Heym
Gedichte
Ausgewählt und mit einem Nachwort von Harald Hartung.
1986. 123 Seiten. Serie Piper 494

Robinson Jeffers
Unterjochte Erde
Gedichte. Übersetzt und mit einem Nachwort von Eva Hesse.
1987. 167 Seiten mit 15 Abb. Serie Piper 617

Barbara M. Kloos
Solo
Gedichte. 105 Seiten. Geb.

Edgar Lee Masters
Die Toten von Spoon River
Gedichte. Aus dem Amerik. von Wolfgang Martin Schade.
Mit einem Nachwort von Frutz Güttinger.
1987. 258 Seiten. Serie Piper 504

Eugenio Montale
Glorie des Mittags
Ausgewählte Gedichte. Italienisch/Deutsch.
Übertragen und mit einem Nachwort von Herbert Frenzel.
1975. 176 Seiten. Geb.

Lyrik bei Piper

Eugenio Montale
Satura / Diario
Aus den späten Zyklen. Italienisch / Deutsch.
Übertragen und mit einem Nachwort
von Michael Marschall von Bieberstein. 1976. 190 Seiten. Geb.

Pier Paolo Pasolini
Gramsci's Asche
Gedichte. Italienisch / Deutsch.
Mit einem Nachwort von Michael Marschall von Bieberstein.
Aus dem Italienischen von Toni Kienlechner.
1983. 192 Seiten. Serie Piper 313

Lutz Rathenow
Zangengeburt
Gedichte. 2. Aufl., 6. Tsd. 1987. 96 Seiten.
Serie Piper 654

Marin Sorescu
Abendrot Nr. 15
Gedichte. Aus dem Rumänischen von Oskar Pastior.
1985. 123 Seiten. Geb.

Georg Trakl
Abendländisches Lied
Gedichte. Ausgewählt und mit einem Nachwort von Jürg Amann.
126 Seiten. Serie Piper 514

Lope de Vega
Wir leben in zwei Zeiten
Lieder und Romanzen. Spanisch / Deutsch. Übersetzt, herausgegeben
und mit einem Nachwort von Erwin Walter Palm.
1987. 96 Seiten. Serie Piper 809

Alexander Solschenizyn

Das Rote Rad
Erster Knoten
August vierzehn

Roman. Aus dem Russischen von Swetlana Geier.
1987. 1049 Seiten. Leinen

Die hier vorliegende endgültige Fassung von »August vierzehn« ist grundlegend überarbeitet und gegenüber der 1972 erschienenen Ausgabe um rund 500 Seiten erweitert. »August vierzehn« ist der »Erste Knoten« des auf acht Bände angelegten Romanzyklus »Das Rote Rad«, in dem die russische Revolution und ihre Vorgeschichte zu einer umfassenden, bewegenden literarischen Darstellung gelangen.

Das Rote Rad
Zweiter Knoten
November sechzehn

Roman. Aus dem Russischen von Heddy Pross-Weerth.
1986. 1199 Seiten. Leinen

»Mit ›November sechzehn‹ schafft Solschenizyn eine wahrhaftige Enzyklopädie des russischen Lebens vor der Revolution, ein tiefgründiges Porträt, in dem sich Weltgeschichte und Liebesgeschichten begegnen. Er läßt vor unseren Augen das Rußland von 1916 wiedererstehen, eine Gesellschaft, die durch verantwortungslose Demagogie zerrüttet wird, ein Volk, schon halb verblutet durch einen Krieg, der um der schönen Augen der Allierten willen geführt wird, und dennoch durch seine Arbeitsliebe noch tief mit der Wirklichkeit verwurzelt...« Georges Nivat, L'Express

»Ist das wirklich ein Roman? Ja, ein Werk, das gigantisch und stürmisch ist wie unsere Epoche. Es enthält eine wunderbare Liebesgeschichte, einen Roman im Roman. Vielleicht hat Solschenizyn sie geschrieben, um seinen Kritikern zu beweisen, daß er auch das kann, vielleicht weil er sie schon lange in sich trug, vielleicht um zu zeigen, daß Schönheit und Zärtlichkeit auch dann bestehen können, wenn die ganze Welt dem Irrsinn verfallen scheint.« Georges Suffert, Le Point

PIPER